KB148432

아베 고보와
이형의 신체들

사이시리즈 09 | 괴물과 인간 사이
아베 고보와 이형의 신체들

발행일 초판 1쇄 2014년 8월 30일 • **지은이** 이선윤
펴낸이 노수준, 박순기 • **펴낸곳** (주)그린비출판사 • **주소** 서울 마포구 동교로17길 7, 4층(서교동, 은혜빌딩)
전화 02-702-2717 • **이메일** editor@greenbee.co.kr • **등록번호** 제313-1990-32호

ISBN 978-89-7682-236-9 03830
이 도서의 국립중앙도서관 출판시도서목록(CIP)은 서지정보유통지원시스템 홈페이지(http://seoji.nl.go.kr)와
국가자료공동목록시스템(http://www.nl.go.kr/kolisnet)에서 이용하실 수 있습니다.(CIP제어번호: CIP2014025660)

나를 바꾸는 책, 세상을 바꾸는 책 www.greenbee.co.kr

이 저서는 2007년도 정부재원(교육과학기술부 학술연구조성사업비)으로 한국연구재단의 지원을 받아 연구되었음(NRF-
2007-361-AL0015).

사이 시리즈

09

괴물과 인간 사이

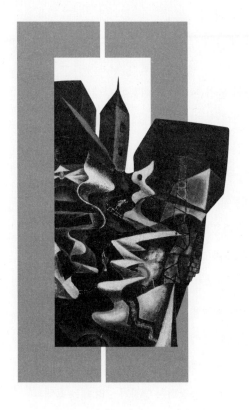

아베
고보와
이형의
신체들

이선윤 지음

B
그린비

들어가며

괴물은 혐오감을 줌과 동시에 매력적이다. 왜냐하면 그것이 우리로 하여금 일반적으로 터부시되는 것들과 대면할 수 있도록 해 주기 때문이다. 이런 이유로 괴물의 본질은 터부의 내용이 상대적이고 사회마다 변화하기 때문에 문화마다 달라진다. 그리고 괴물들은 때때로 사회가 차이를 부정하고 일치를 강조하기 위해 부과한 터부에 대한 강력한 비판을 제공하면서 공감을 불러일으킨다.

크리드의 지적처럼 괴물은 기괴한 면에 대한 우리의 호기심을 깨운다. '경계와 위치, 규칙을 존중'하지 않으며 '정체성과 체계, 그리고 질서를 교란'하는 크리스테바의 아브젝션abjection 개념을 차용한 여성 괴물에 대한 분석은 공포영화를 대상으로 효과적으로 진행되었다. 크리스테바는 아브젝션이 어떻게 인간 사회에서 인간을 비인간과 분리하고 완전히 구성된 주체와 분리하는 수단으로 작동하는가를 탐구하고자 했다(바바라 크리드, 『여성괴물』, 12, 33~34쪽). 괴물과 여성성을 양 축으로 한 이 분석은 괴물이 등장하는 영화가 그려 내는 육체와 욕망, 성을 둘러싼 공포를 읽어 낸다. 크리드는 우리에게 문명이 얄팍한 것에 불과하다는 것을 상기시켜 준다는 측면에서 괴물을 바라보고 있지만 사실 괴물과 문명, 문명을 낳는 기술의 관계는 그리 단순하지만은 않다.

아마 토마스 만의 소설이었던 것 같다. 먼 옛날, 사자가 아직 '사자'라는 이름을 갖기 이전에 사자는 악귀와 같은 무서운 초자연적인 존재였지만, 사자라는 이름을 갖게 되면서 인간이 정복 가능한 단순한 야수가 되어 버렸다는 내용이 있었던 것을 기억하고 있다.

분명 미지의 존재가 기지의 존재보다 훨씬 더 불길하고, 에너지의 포텐셜도 높다. 전국의 대부분 동물원에 보급되어 맹수의 문고본화되어 버린 사자보다는 숲 속의 '괴물 X'가 훨씬 무서울 것이다. 그러므로 미스터리도, SF도, 괴담도 그 방법에 따라서 뿌리 깊은 존재 이유를 갖고 있다고 생각한다. (「SFその名づけがたきもの」, 『安部公房全集 020』, 52~54쪽)

일본의 현대 작가 아베 고보安部公房(1924~93)는 1940년대 말 실존주의적 작품으로 집필활동을 시작하여 이후 초현실주의 및 SF풍의 작품을 다수 집필한 대표적 전후파 작가이다.* 일본의 카프카로 불리기도 했던 아베는 비현실적으로 보이는 소재 및 설정을 통해 인간의 소외와 국가 및 사회의 폭력 문제 등을 다루었다. 그의 작품들은 냉전기의 소련 및 동구권 사회주의 국가에까지 소개되어 큰 인기를

---

* 일본에서는 일반적으로 1945년 8월 15일 일본의 아시아태평양전쟁 패전 이후를 '전후'라고 지칭한다. 전후파 작가란 아시아태평양전쟁 종료 후에 등장한 문학자들을 지칭하며 시기에 따라 1차, 2차 전후파로 나누기도 한다. 노마 히로시(野間宏), 시이나 린조(椎名麟三), 우메자키 하루오(梅崎春生), 오카 쇼헤(大岡昇平), 다케다 다이준(武田泰淳), 하니야 유타카(埴谷雄高), 아베 고보, 미시마 유키오(三島由紀夫) 등이 대표적이다.

끌었으며 당시 가장 많은 언어로 작품이 번역된 일본어 작가였다.

아베 고보는 1966년 2월호 『SF 매거진』에서 괴물이 지니는 잠재력에 대해 위와 같이 말했다. 사자의 정체에 대해 아직 알지 못하던 시절에 이 위협적인 동물을 대면한 인간들은 그 힘의 한계조차 파악할 수 없는 미지의 존재 앞에서 강한 위협을 느꼈을 것이다. 그리고 엄청나게 강한 힘을 가진 악마와 같은 놈이 깊은 수풀 속에 살고 있다는 소문은 삽시간에 주위로 퍼지면서 이 괴물에 관한 공포는 점차 증폭되어 갔을 것이다.

이름이 없던 시절의 사자는 생명을 위협하는 보이지 않는 거대한 괴물이었지만 인간이 맹수의 일종으로 사자를 인식하게 되고 그 습성이나 생태가 파악되면서 사자는 사냥이나 포획이 가능한 동물로서 우리 앞에 모습을 드러내게 되었다. 사자는 현대에도 여전히 강한 신체적 능력과 공격성을 보유하고 있지만, 그는 이제 도시의 한 구획 안에 있는 동물원 안의 우리 속으로 들어가 버렸다. 보급판 맹수가 되어 버린 것이다. 이런 의미에서 볼 때 '사자'라는 이름으로 부르기보다는 깊은 숲 속의 '괴물 X'라고 하는 편이 훨씬 더 무서운 존재로 우리에게 다가온다.

이름을 붙이는 행위는 대상의 인식을 필요로 하며 그 인식 대상은 하나의 정보로서 파악된다. 정확하게 인지되지 않는 대상은 인간에게 불안감을 불러일으키며 그로 인한 불길한 상상은 점차 증폭되어 갈 것이다.

우리는 동물을 인식하는 경우 종적인 카테고리 구분을 염두에

두게 된다. 네 발로 기어 다니며 날카로운 이와 발톱, 황금빛 털과 갈기를 갖고 있는 이 동물은 사자의 특징을 지닌 외형이라고 인식되는 것이다. 하지만 우리가 알고 있는 어떤 생물의 유형적 특징과도 일치하지 않는 동물이 출현했을 때, 당혹스러움을 느끼게 된다. 이 정체를 알 수 없는 동물과 마주쳤을 때의 당혹감은 신종 발견의 가능성에 대한 호기심으로 전이될 수도 있으나, 무방비 상태에서 직면한 위협으로 감지될 수도 있다. 이 위협에 대한 공포감은 증식되고 우리를 당혹스럽게 만드는 괴물이 그곳에 출현한다.

아베 고보가 '미지의 존재가 기지의 존재보다 훨씬 더 불길하고, 에너지의 포텐셜도 높다'고 말한 것처럼, 명명되지 않은 존재는 불안감을 준다. 그때 인간을 당혹스럽게 하는 망설임의 순간이 출현하며 이 인식적 틈새에는 일종의 역동적인 가능성이 숨어 있다. 본서에서는 이러한 관점에서 아베 고보가 그린 규정지을 수 없는 괴물의 표상을 다루면서 일본의 현대사적 문제들 속에서 인간도, 또 다른 종의 생물도 아닌, 경계선상의 괴물들이 어떻게 태어나고 소비되는지를 살펴보고자 한다.

서구적 전통에서의 괴물

쇼파르는 '괴물은 동물이나 인간의 자연스러운 기준에 비해 차이를 보이는 것'이라고 말한다. 과잉·결핍·부분 기형 혹은 다른 계에 속하는 부위들이 잘못 덧붙여진 존재라는 것이다. 괴물에 대한 학문인 기형학이 괴물을 '처치'하기 위해 조프루아 생틸레르에 의해 창시되었다는 것이 시사하듯, 괴물에 대한 연구는 식민자들이 피식민지를 연구하듯 제거와 분리 혹은 교정의 대상으로 괴물을 응시해 왔다. 고대 그리스 신화의 산물이 지리학, 자연사, 여행기 등을 거치며 더욱 풍부해지면서 중세 괴물들에 대한 해석의 토대가 형성되었다.

아우구스티누스가 인간이 알 수 없는 신의 의지로 인해 괴물이 나타난다고 언급한 것처럼, 인간의 이성으로 알 수 없는 이형異形의 존재를 신과 관련하여 해석하려는 경향은 동서양을 막론하고 있어 왔다. 알 수 없는 영역에서의 최고 권위인 신에게 기대어 이형의 괴물을 처리하고, 배제되어야 하는 존재의 설정을 통해 오히려 신앙체계를 굳건하게 하기도 한다. 그러나 현대의 우리는 괴물이라 불리는 이형의 존재들을 신앙과 관련하여 해석하기에는 너무나도 많은 과학기술에 의한 이형화의 예를 접하며 살아간다. 어떠한 형태의 괴물도 제작 가능한 시대를 살고 있는 것이다. 하지만 어떠한 이유로 제작된 혹은 돌출된 괴물이라도 이를 접한 순간의 충격은 일정 효과를 지닐 것이다. 주위에서 접할 수 있는 일반적인 신체와 다른 모습의 이형의 신체를 접한 당혹감은 우리의 지식으로 이 존재의 수수께끼를 풀어낼 수 있는지 혹은 그것을 포기하는지에 따라 전혀 다른 방향으로 전개될 것이다.

일본 현대 아방가르드 예술운동과 괴물의 개념

하나다 기요테루花田清輝는 '괴물적'デモーニッシュ이라는 표현을 사용하여 아방가르드 운동의 성격을 규정한 바 있다. 하나다 기요테루는 『새로운 예술의 탐구』新しい芸術の探求(1949)의 서언에서 "본래 예술운

그림 1 세이키노카이의 멤버들, 1950. 12. 앞줄 왼쪽 아베 고보, 중앙 데시가하라 히로시 (勅使河原宏), 뒷줄 왼쪽 가쓰라가와 히로시(桂川寛)

동은 괴물적인 것이다. 운동이 어떤 것인지를 모르는 이들에게는 우리의 모습이 백귀야행百鬼夜行처럼 보일지도 모른다"고 말했다. 아베 고보는 전후 아방가르드 예술운동 그룹 전후파 예술운동의 거점이 된 요루노카이夜の会(밤의 모임)에 참가했다. 1948년에 하나다 기요테루, 오카모토 다로岡本太郎, 하니야 유타카를 중심으로 결성된 요루노카이에 참석했던 아베 고보는 이 모임에 참가한 직후 여기에 참석했던 20대의 젊은 문학자, 미술가 등과 함께 같은 해 5월에 결성된 예술운동 조직 세이키노카이世紀の会(세기의 모임)를 주도했다.

  아베 고보가 사용하는 괴물이라는 표현은 불안감을 주지만 높은 잠재적 에너지와 운동성을 내포하며, 미지의 존재로서 텍스트를 성립시키는 예술성을 나타낸다. 이러한 괴물성은 전통이나 이성에 대한 인간의 무비판적 신념을 전복시키는 일종의 동력이다. 아베는 자신의 문학을 이름 붙일 수 없는 것 혹은 정체를 알 수 없어서 더 큰 잠재력을 지니는 숲의 '괴물 X'와 같은 것으로 구축하고자 했다고 볼 수 있다.

이성의 잠은 괴물을 낳는다

아베 고보가 착목한 이 괴물성에서는 문학과 예술 작품에 내재하는 일종의 가능성이 있다. 아베가 초기의 실존주의적 문체에서 벗어나 새로운 실험적 표현법을 시도한 단편소설 「덴도로카카리야デンドロカカリヤ」(1949) 이후, 그가 지속적으로 환상적·SF적 텍스트를 집필해 간 이면에는 이러한 괴물에 대한 시점이 깊은 연관이 있었던 것으로 보인다.

고야Francisco de Goya(1746~1828)는 1799년에 제작한 「이성의 잠은 괴물을 낳는다」El sueno de la razon produce monstruos라는 판화에서, 책상에 엎드린 채 잠든 화가의 주위에 산고양이나 부엉이, 박쥐 등 어둠과 환상을 연상시키는 음영으로 표현된 불길한 동물들이 모여드는 장면을 그렸다.

이 작품은 빛과 어둠, 합리와 비합리라는 이원론적인 요소를 상징적으로 표현하고 있다는 평가를 받고 있는데, 괴물들이 이성의 작용을 촉진하는 역할 또한 하게 된다. 괴물들이 허공을 메우고 있는 불길한 장면은 단지 비합리를 표상하고 있는 것뿐만 아니라 그러한 괴

그림 2 고야, 「이성의 잠은 괴물을 낳는다」

물들이 출현하도록 하는 비판정신의 정지 상태에 대해 경고하고 있는 것이다. 고야 자신에 의한 프라도 미술관의 주석서에서는 "이성에 의해 방치된 환상은 있을 수 없는 괴물을 낳는다. 그러나 환상이 이성과 합치된다면 그것은 모든 예술의 어머니이자 경이로움의 원천이 된다"(雪山行二 編,『ゴヤ ロス·カプリチョス: 寓意に満ちた幻想版画の世界』, 94쪽)는 주석을 찾아볼 수 있다. 이와 같은 이원론적 구분의 경계선상에서 일어나는 다이나미즘은 아베 고보가 지적한 괴물성의 효과와 유사한 것이라 할 수 있다.

차례

4장 · 전후 일본과 기형의 신체

1장

이름 없는 괴물 X에 대하여

1. 백귀야행의 문화적 공감대와 하쿠모노가타리

신화·전설과 요괴

일본의 신화적 역사서 『고사기』古事記(712)에는 수많은 이형의 존재들이 등장한다. 괴물의 신체가 탄생하는 순간은 물론, 처음에는 인간의 신체를 갖고 있었지만 어떤 계기를 통해 이형의 신체로 변신하는 이야기도 다양하게 담겨 있다. 『고사기』에는 다양한 괴물의 형상은 건국 신화의 맥락 속에서 일본 열도를 창조해 내는 비정형의 신체와 거대한 힘을 지닌 신들의 형상으로 나타나기도 하며, 일종의 금기와 관련된 에피소드도 다수 존재한다. 해신의 딸 도요타마비메노 미코토豊玉毘売命가 아이를 낳을 때 이를 훔쳐보지 말라고 한 당부를 남편 호리노 미코토는 지키지 못한다. 아내의 부탁을 어기고 금기를 깬 순간 아내는 커다란 악어의 형상으로 몸을 변화시킨다. 비슷한 시기에 편찬된 역사서인 『일본서기』(720)에도 용으로 변신하여 꿈틀대는 장면이 등장한다.

일본에는 비정형의 존재, 이계異界에 속하는 존재들이 무수히 현실 세계의 인간과 공존하고 있다는, 서양의 단일신 개념과는 매우 대조적인 요로즈노가미萬の神라는 개념이 보편적으로 자리 잡고 있다. 셀 수 없이 많은 다양한 이형의 신을 모시는 신사와 신당이 있으며 이를 소재로 한 괴담이 소설이나 무대예술의 소재로 대중적인 인기를 끌어 왔다. 현대의 만화나 애니메이션의 많은 부분을 차지하는 것도 이러한 괴물들이다. 괴물을 광의의 뜻에서 파악하면 요괴, 유령, 오니鬼(도깨비), 일반적으로 알려진 종족 특성을 보이지 않는 규정할 수 없는 생물 등을 모두 포괄하는 다양한 이형의 존재를 의미한다.

일본의 국립연구기관 국제일본문화연구센터가 제작한 데이터베이스에 '괴이·요괴 전승 데이터베이스'(http://www.nichibun.ac.jp/youkaidb/)라는 것이 있다. 이는 문부과학성(현재는 일본학술진흥회)의 과학연구비 보조금을 받아 4년에 걸쳐 완성된 것으로 민속 조사 등을 통해 보고된 요괴·괴이의 사례를 망라하여 수집한 것이다.

다음 쪽의 그림은 백귀야행도이다. 백귀야행을 소재로 한 에마키繪卷(두루마리 그림)는 일본인들에게 친숙하다. 백귀야행은 여러 요괴가 밤늦은 시간에 무리를 지어 배회하는 행렬을 의미한다. 한밤중에 이들을 만나면 죽음을 맞이할 수도 있는데 경을 외워서 요괴들을 물리쳤다는 등의 이야기가 『우지슈이모노가타리』宇治拾遺物語, 『곤자쿠모노가타리』今昔物語集 등의 여러 설화집에도 수록되어 남아 있다.

연구 대상으로까지 자리 잡은 이러한 요괴들은 아베 고보가 지

그림 3 백귀야행도 에마키

적한 괴물과는 구분되는 지점에 존재한다. 그들은 고유한 이름과 출현 장소 및 고정된 특성을 지니며 희화화되고 연구되며 분석되어 놀이동산의 어트랙션과도 같은 상상 속의 동물원에 갇혀 있는 것이다.

2. 괴수·요괴·괴담적 상상력과 일본의 대중문화

근대 일본의 민속학과 오컬티즘

지방의 요괴 이야기를 수집하여 집대성한 바 있는 야나기타 구니오柳田國男는 일본의 대표적 근대 민속학자 혹은 민속학의 창시자라고까지 일컬어지기도 한다. 야나기타의 초기 대표작 『도노모노가타리』遠野物語(1910)는 도노 지방의 민담을 모은 것으로 텐구天狗(요괴의 하나로 큰 코가 특징), 갓파河童(물가에 사는 체구가 작은 초록빛 요괴로 머리에 접시 모양이 올려져 있다) 등의 요괴부터 갑작스런 실종神隱し이나 괴담, 저주 등을 다루고 있다. 기이하면서도 시적인 산문문학 작품으로 수용된 이 텍스트는 일본형 자연주의 문학인 '사소설'私小説에 대한 안티테제이거나 혹은 자연주의 문학의 또 하나의 선택지(大塚英志, 『怪談前後: 柳田民俗学と自然主義』, 49쪽)였다고 볼 수도 있다. 시마자키 도손島崎藤村이나 다야마 가타이田山花袋, 이즈미 교카泉鏡花 등 저명한 일본 근대 문학자들이 서평을 쓰기도 했고 아쿠타가와 류노스케芥川龍之介도 이 책의 열렬한 독자 중의 한 명이었다.

일본의 아시아태평양전쟁 중 민속학은 오카 마사오岡正雄 등 야나기타의 제자들을 중심으로 '국책'国策 속으로 편입되게 된다. 국책화한 민속학의 원형은 나치스 정권 하의 독일 민속학이었다. '선조의 유산' 등 국책 민속학 기관이 설립되었으며 '게르만 민족의 유산'에 속하는 자료를 수집, 출판했는데 이 기관은 나치즘에 혼입된 오컬티즘의 거점이기도 했다.* 오쓰카 에이지大塚英志가 지적하고 있듯이 일본 민속학이 오컬트로 접근한 한 선례로 볼 수 있을 것이며, 일본의 민속학이 나치스 정권 하의 민속학과 같은 역할을 했다는 것은 미국도 알고 있는 사실이었다. 독일 민속학은 전쟁책임을 철저히 추궁당했지만 일본의 경우 전시 하 국책 민속학 연구의 중심 학자들은 전후 연합군최고

---

* 일본에서는 1942년에 야나기타의 제네바 시대의 측근이자 그 시점에 대정익찬회 조사부장이었던 후지사와 지카오(藤沢親雄)가 주선하여 '일본인은 무 모국의 자손인 백인종의 일종'이라고 주장한 『남양제도의 고대문화』(원저는 현재 제임스 처치워드의 『잃어버린 무대륙』으로 알려져 있다)가 번역 출판되었다(大塚英志, 같은 책, 11~13쪽 참조).

사령관총사령부GHQ 민정정보문화국과 접근하여 점령정책에 기여했고, 민속학의 전쟁책임은 추궁되지 않았다. 야나기타의 민속학이 직접적으로 아시아태평양전쟁 및 식민지배관을 지지하는 오컬티즘적 민속학으로 연결된 것이라 단언할 수는 없지만, 민속학 연구가 온존된 배경에는 이러한 전쟁 전후의 사정이 존재했다.

대중문화 속의 이형적 존재를 둘러싼 상상력

현대 한국에서 요괴라는 단어가 연상시키는 것은 일본의 서브컬처 텍스트인 만화, 애니메이션에 등장하는 비인간의 모습을 한 존재들이 많은 부분을 차지할 것이다. 한일기본조약이 이루어진 1965년 한일 문화교류라는 취지에서 일본의 다이치 동화第一動画가 한국 동양방송에, 2013년 3월에 세상을 뜬 모리카와 노부히데森川信英라는 미술감독을 파견하고, 한국 현지의 인력으로 만화영화를 제작하게 되었다. 식민통치기 이후 첫 공식 문화교류의 일환으로 추진된 이 프로젝트에서 제작된 「황금박쥐」와 「요괴인간」이라는 애니메이션은 현대 일본과 한국에서의 괴물을 둘러싼 상상력이라는 문제에 중요한 시사점을 던진다.

1980년대 전반에 등장한 도라에몽 캐릭터도 고양이를 닮은 괴물의 일종으로 볼 수 있다. 우리나라에 일본의 대중문화가 공식적으로 개방된 1990년대에 본격적으로 소개된 「포켓몬스터」는 세계 각국에서 소비되었던 대표적 재패니메이션으로 다양한 몬스터들—일종의 괴물들이 주요 캐릭터로 등장한다. 포켓몬스터들이 그려진 카드 수집이 어린이들 사이에 유행하기도 하여 방학 중에는 각 역마다 서로 다른 캐릭터의 스탬프를 구비해 두어 스탬프러리 카드 완성을 위해 아이들이 부모와 함께 각 역을 도는 사회현상을 낳기도 했다. 개성을 가진 다양한 요괴가 있고 이를 모아 보고 싶다는 욕구는 앞서 언급한 데이터베이스와 이 포켓몬스터 카드 및 스탬프러리에서도 엿보인다. 역사를 거슬러 올라가면 다양한 요괴를 그린 에도시대의 화집이나 야나기타 구니오의 민속학적 요괴 연구도 이러한 욕구가 근간이 되어 있다고 할 수 있다.

일본의 경우 요괴라는 단어는 에도시대 서민들에게 친숙한 것이었다. 요괴를 소재로 한 이야기, 그림, 연극이 다수 발달했고 많은 서적이 서민들 사이에 판매되며 일상 속에 가까이 자리 잡고 향유되었다. 촛불을 켜고 돌아가면서 한 사람씩 괴담을 이야기하며 즐기는 햐쿠모노가타리百物語라는 모임도 문호들 사이에서 유행했다. 마지막 촛불이 꺼지면 유령이 나타난다는 속설을 지닌 햐쿠모노가타리, 이는 공포의 유희화의 한 형태였다.

근현대 한국에서 유행한 학교 등을 배경으로 한 괴담이나 분신사바 등은 일본에도 매우 유사한 이야기와 놀이가 존재한다. 이는 일본 제국주의 강제점령기 이후 형성된 일본에 대한 특수한 심리구조를 배경으로 일본의 괴담이 동시대적으로 빠르게 한국에 유입된 것으로 보인다.

일본 근대기의 괴담은 서구 열강의 일본과 접촉 과정에서 유입된 근대의 의학·과학적 개념들과 결합한 도시전설의 형태로 등장했다.

일본의 전통문학 속에서의 괴담은 고전소설에서부터 다양하게 등장하여 중국의 설화와 유사성을 보이기도 했고 불교 설화적 맥락에서 흡수, 해설되기도 했다. 또 많은 경우 원한을 중심으로 한 사건과 교훈성을 띠고 있다.

일본의 근대국가 형성기인 메이지 시대(1868~1912)에는 외국인, 그리고 신체성과 관련된 괴담류의 도시전설—전신주의 전선을 따라 피가 흐르고 있다, 외국인들이 여성의 피를 흡혈한다 등—이 다수 떠돌기도 했다. 이러한 신문물 관련 괴담은 서구 열강의 아시아로의 진입으로 인한 위기감과 서구 과학기술의 유입이 혼재되어 나타난 불안감의 표출이었다.

이 시대에는 번역을 통해 서구의 사상과 문학이 급속하게 유입된 시기로 쥘 베른 등의 모험소설 번역본도 활발하게 소개되었고, 이에 자극을 받은 일본어 모험소설 및 과학소설이 등장하기 시작한다. 하지만 이형적 존재를 둘러싼 SF적 상상력이 예술적 가치를 정식으로 인정받는 현대적 순문학 장르 속에 자리를 잡게 되는 것은 훨씬 이후인 아시아태평양전쟁 패전 후에 이르러서이다.

요괴의 생성 원리

앞서 살펴본 것처럼 요괴 및 이형의 괴물들과 관련된 상상력의 세계는 일본의 대중문화를 생성하고 순환시키는 중요한 모티브로 기능해왔다. 현대 문화에서의 이형적 등장인물의 맹활약은 서브컬처 장르에서 더욱 두드러지며 현재 한국의 애니메이션 전문 채널에서 방영 중인 재패니메이션 작품 중 많은 부분을 이러한 이형적 존재들이 차지하고 있다.

요괴는 인간의 변형, 즉 축소, 과장, 생략, 대치 등의 원리로 생성된다. 요괴 형성의 조건은 인간과의 유사성으로, 불완전한 변신이 요괴로서의 아이덴티티의 기본이다. 익숙하고 가까운 존재로서의 특징을 지니면서도 결정적으로 다른 신체적 특징이나 능력을 갖춘 존재로서 그리는 것이 요괴 묘사의 기본이자 요괴문화 생성의 원리가 된다(『일본의 요괴문화』, 23쪽).

고마쓰 가즈히코小松和彦도 「요괴를 즐기는 일본인, 요괴를 탐구하는 문화」에서 지적하고 있듯이 현대 일본에서는 조용하게 요괴 붐이 지속되고 있다. 박물관이나 미술관에서 요괴 관련 특별 전시회가 개최되고 있으며 『게게게노기타로』ゲゲゲの鬼太郎 등으로 유명한 미즈키 시게루水木しげる의 요괴만화 또는 미야자키 하야오宮﨑駿의 『이웃집 토토로』となりのトトロ나 『센과 치히로의 행방불명』千と千尋の神隠し, 오키우라 히로유키沖浦啓之의 『모모와 다락방의 수상한 요괴들』ももへの手紙 등 다양한 애니메이션 작품 속에 수많은 요괴와 괴물이 그려지고 있다. 교고쿠 나쓰히코京極夏彦의 『우부메의 여름』姑獲鳥の夏 같은 괴기소설 등도 이 붐과 궤를 함께하고 있으며 다양한 장르의 대중문화 작품을 통해 일어난 요괴문화는 요괴 연구의 활성화로도 이어지고 있다(고마쓰 가즈히코, 「요괴를 즐기는 일본인, 요괴를 탐구하는 문화」, 『일본의 요괴문화』, 28~54쪽). 1990년대 중반에 그가 지적한 이런 붐은 2010년대가 되어도 지속되고 있으며 이런 장기간의 현상은 더 이상 붐이라는 말이 적절치 않을 것이다.

요괴라는 단어는 이제 이러한 작품들을 통해 대중문화 속으로 침투하면서 동물의 종적 분류처럼 그 종류에 따라 일정한 특징을 갖는 구체적인 형상으로 떠올리게 되기에 이르렀다. 요괴라는 단어 용례의 기원을 거슬러 올라가 보면 이상한 일이나 괴이한 사건 혹은 그러한 존재라는 폭넓은 의미로 사용되는 경우가 많았다. 요괴는 중국 고서에서 그 기원을 찾을 수 있는 말로 『한서』에 이 단어가 사용된 기록이 있었다고 전해진다. 일본에서 나타난 기록 가운데 가장 빠른 것으로는 역사서 『속일본기』에 보이는 기록이다. 이러한 고전적 어휘 용례에서 보면 이상하다거나 불가사의하다고 여겨지는 것은 모두 요괴로 간주되었다. 즉 요괴라는 말은 사람의 인식체계나 이해할 수 있는 지식의 체계로부터 일탈된 것 전반을 모두 가리키는 것이었다. 고대에는 오니(귀신 혹은 도깨비)가 이러한 기이한 현상들의 배후에 있는 근원의 정체로 여겨졌으며 점차 이것이 세분되어 가게 된다. (오니들이 떼를 지어 다니는 모습이 환시된 것을 앞서 언급한 백귀야행이라 명명하게 된다.)

일본에서는 긴 역사를 통해 요괴의 시각화, 조형화가 적극적으로 진행되었다. 중세 이후 지적 활동이 진척되어 감에 따라 합리적 사고가 발달하면서 점차 막연한 공포와 불안이 순화되어 간다. 오니에 대한 공포가 사라졌다고 할 수는 없으나 요괴가 종교인이나 장수의 활약으로 퇴치되었다는 이야기가 만들어져 구전 혹은 서적을 통해 유통되기 시작했다. 근대 인쇄술의 발달과 함께 서적의 경우에는 그림을 곁들여 만들어졌다. 오늘날 텐구가 정형화되고 캐릭터로 사람들에게 인식된 것에는 이러한 삽화가 큰 역할을 했다.

이인의 출현과 문명에 의한 추방

아카사카 노리오赤坂憲雄의 『이인론서설』異人論序説(1985)은 촌락사회가 외부에서 온 사람, 즉 떠돌이를 어떻게 맞아들이는가, 혹은 배타시하는가 하는 문제를 다룬다. 이는 내·외의 이분법적 사고가 당연시되는 농경사회적 풍토를 중심으로 하는 공동체에 대한 분석으로, 세계관이 다른 유목사회의 경우에는 해당하지 않을 것이라고 아카사카는 한계성을 인정하고 있다. 그러나 질서로서의 내부와 혼돈으로서의 외부를 흔들며 침입하는 이인異人을 금기시하게 되는 구조를 밝히고자 한 이인론은 요괴문화를 이해하는 하나의 중요한 기본 틀을 제시해 준다고 할 수 있다.

광대한 카오스의 바다 한가운데에 떠 있는 작은 섬과 같은 공동체라는 세계의 표상이 이 이론의 중심 구조를 이루며 상상 속의 장벽(경계)에 의해 스스로를 카오스로부터 차단하고 있다. 공동체의 내부는 빛으로 가득한 가시적이며 인지 가능한 영역이며 경계의 외부는 카오스의 암흑이다. 이 외부 영역은 어딘가 불쾌하고 전율을 불러일으키는 금기적 시공간이다. 이 공간은 더러움과 병과 액운의 위협을 토해 내는 반면 그 끝을 알 수 없는 창조적 활력을 품고 있는 비합리와 신비의 시공간이기도 하다.

푸코가 『광기의 역사』에서 지적했듯이 소위 문명화된 사회는 추방된 것들에 의해 단일하게 합의된 그 문명성을 더 확고하게 일반화시키고 합의를 도출해 낸다. 어딘가 '다름'을 지니고 있어서 위협적인 무언가를 배제함으로써 안전하고 균질한 내부 공간을 완성시키고자 하는 욕망이 괴물을 낳고 그들의 '다름'을 삭제한 의제 동일성의 공간을 유지하고자 하는 폭력을 유발한다. 광기가, 이성을 특권화한 서구 문화가 포용하지 않고 배척했던 인간적 특성인 것처럼 일본어 문화 텍스트에 등장하는 이형의 신체를 가진 괴물들은 일본의 근현대가 배제하려 했던 또 다른 일본의 모습이다.

일본 초기 SF영화와 괴물의 신체

한국에서는 일찍이 1980년대부터 수많은 괴수가 등장하는 일본 전대물戰隊物, 「울트라맨」 등의 실사영화 비디오테이프가 불법적 루트로 유통되기 시작했고 현재에도 이와 비슷한 소재의 작품들이 어린이들에게 소비되고 있다. 패전 및 히로시마·나가사키 원폭 투하라는 경험과 기술에 대한 공포 등이 결합하여 등장한 1954년에 개봉한 거대 괴수영화 「고질라」는 이러한 괴수영화의 시초라고 할 수 있다. 관객동원수 961만 명을 기록한 이 영화는 일본 괴수영화의 원조이자 고질라 시리즈의 제1작이다.

　「우게쓰모노가타리」雨月物語처럼 일본의 전통 괴담을 영화화한 경우에는 원한에 의해 일그러진 얼굴로 등장하는 흉한 외모의 여자 유령이 클라이맥스 신을 장식했다. 하지만 이러한 전통 괴담에 바탕을 두었던 괴담영화는 근현대의 전쟁과 과학무기의 발달이라는 사회상 속에서 점차 이와 다른 모습의 괴물들을 등장시키게 된다.

일본의 패전 직후인 1940년대 말에 등장한 영화 「투명인간」은 웰즈의 소설을 번안한 내용으로 만들어졌는데, 「고질라」를 낳은 일본 특수촬영의 신이라는 닉네임을 가진 쓰부라야 에이지円谷英二의 초기 대표작이다. 이 영화에서 투명인간의 보이지 않는 신체성은 허공에 뜬 담배나 텅 빈 운전석 등을 통해 간접적인 방식으로 그려진다. 과학을 사용한다는 것을 과연 어떻게 생각해야 하는지를 묻는 장면으로 엔딩을 장식하는 이 영화에서 제기하는 문제의식의 흐름은 과학의 사회적 책임의 문제라는 맥락에서 그 이후로도 꾸준히 이어진다.

비키니섬에서의 핵실험이 이루어진 1954년에 피폭국가 일본에서 제작된 영화 「고질라」는, 국가 간 경쟁과 과학기술의 문제가 가장 중요한 배경 축을 이루며 불쾌하고 위협적이며 압도적인 존재감을 과시하게 되는 거대한 괴수 고질라를 출현시켰다. 일본 최초의 현대 SF 소설이라는 타이틀로 연재된 아베 고보의 『제4간빙기』第四間氷期라는 장편소설에서도 고질라의 거대한 이미지와 연동되는 묘사를 통해 바닷속 폭발의 징후가 그려지고 있다. 이 바다의 변화는 변형된 신체의 인간과 동물들을 산출하게 된다.

백귀야행과 구분되는 괴물의 계보

아직 이름 붙여지지 않은 기이함을 마주한 당혹스러움과 망설임의 순간(토도로프, 본서 58~60쪽 참조)이 경이로움으로 향하게 되는 역동적 가능성은 그 불가사의한 현상을 의구심과 분석의 대상으로 위치시킬 수 있다. 하지만 전통적 괴담은 그 기이함을 원래 그러한 것이 당연시되는 타계의 것으로 순순히 받아들이며 의문부호를 첨가하지 않도록 한다. 원한과 슬픔 등의 전통적 패턴화에 의해 억압된 욕구가 이야기 속의 유령으로 등장하기도 하고 이야기의 전승 및 회화 작품 속에서 고정된 특징을 지니는 것으로 인식된 괴물들은 앞서 언급된 백귀야행(여러 괴물·요괴들이 무리를 지어 밤길을 지나가는 행렬)과 같은 그림을 통해 대중에게 친숙해지기도 했다. 아베 고보는 이와 구별되는 괴물적 가능성의 지평을 문학적으로 계보화하면서 그 현대적 지형도에 SF를 위치시키려는 가능성을 모색했다.

쇼파르는 괴물이란 동물이나 인간의 자연스러운 기준에 비해 차이를 보이는 것이며 과잉·결핍·부분 기형 혹은 다른 계에 속하는 부위들이 잘못 덧붙여진(쇼파르, 『철학자들의 동물원 짐승 만들기에서 배척까지』, 193쪽) 것이라고 말한다. 아베 고보의 텍스트 속 등장인물들은 이러한 괴물의 신체를 획득해 가면서 결국에는 유기물조차도 아닌 무기물로까지 변신해 간다. 그 변신에서 등장인물들은 명함이나 막대기 같은 주위의 작은 사물로부터 사막에서 자라나는 거대한 벽에 이르기까지 다양한 사물의 신체를 획득하게 된다.

그리고 그들은 사물이라고 부를 수 있는 차원을 뛰어넘어 생명이 발생하는 근원으로서의 물로 액화되거나 이에 휩쓸리기도 한다. 거대한 힘으로 변형된 물은 생명체들에 종말을 고하는 거대한 폭력성을 띠고 나타난다.

인간이 알 수 없는 신의 의지로 인해 괴물이 나타난다는 아우구

스티누스의 말처럼, 괴물은 홍수 등의 거대한 자연재해와 같다. 홍수는 신적 폭력의 일반적인 메타포로 기능하는데 아베 고보가 그리는 홍수는 신적 폭력이기도 함과 동시에 홍수를 이루는 물결 그 자체가 액체인간, 즉 괴물이다. 액체로 변화하여 물결을 형성한 인간의 신체가 거대한 홍수를 일으키는 것이다. 인간 신체의 액체화와 그 극한의 폭력인 홍수를 통해 세상의 끝과 소멸, 그리고 새로운 시작이라는 전환기적 표상이 형상화되어 있다.

본서에서는 이형의 신체를 둘러싼 상상력의 계보를 아베 고보의 SF적 소설과 희곡 작품을 중심으로 살펴보고 이에 연관된 만화, 영화 등의 대중문화 장르에 등장하는 정형적 신체성의 파괴를 시야에 넣고 있다. 그리고 이형의 신체를 지니는 존재들이 다양하게 등장하게 된 상황이 어떠한 것이었는지를 일본의 현대라는 지정학적 문맥에서 확인하고자 한다. 그리고 이 과정을 통해 일본이 수행한 전쟁에서 분출된 폭력성과 전쟁이 끝난 후에도 청산되지 않고 지속된 폭력과 이를 조종하는 권력이 현대의 과학기술과 결합된 양상이 문학적 상상력으로 포착된 표상들을 조명해 보고자 한다.

2장

유령의 증식

1. 요괴를 믿지 않는 괴담에 대하여

괴기와 SF 사이

아베 고보는 1962년에 『아사히저널』에 실린 「SF의 유행에 대하여」라는 에세이에서 포우가 SF적인 작품을 쓰기 시작한 동기가 당시 유행하던 괴기적 취미에 대한 조롱과 패러디에 있었다고 언급했다.

> 포우가 SF적 작품을 쓰기 시작한 동기도 당시 유행하던 괴기취미에 대한 조소와 패러디였다고 한다. 괴기취미와 SF는 시초부터 이러한 혈연관계에 있었다. 그 차이는 말할 것도 없이 괴물이 단순한 괴물에 지나지 않는가, 아니면 현실을 깊이 도려내기 위한 가설인가 하는 점이다. 포우의 괴물은 어디까지나 가설적인 존재지만 호프만의 괴물이 되면 가설성은 상당히 희박해진다. (……) 괴기소설 작가가 쓰는 것은 요괴를 믿는 괴담이지만, SF 작가가 쓰는 것은 요괴를 믿지 않는

괴담이라고 할 수 있을지도 모른다. 괴물 이야기를 꺼낸 김에 동시대에 탄생한 저명한 SF적 괴물을 소개해 두자. 괴물 「프랑켄슈타인」을.
(「SF의 유행에 대하여」, 『安部公房全集 016』, 381쪽)

가설*을 원숙하게 구사하기 위해서는 그 주제와 방법의 자각이 필요하다고 이야기한 아베가 포우를 높이 평가한 것은 바로 가설의 설정을 방법으로, 또한 자각적으로 다루었다는 점이다.

아베는 괴기취미와 SF의 차이를 그 괴물이 단순한 괴물인가, 아니면 현실을 도려내기 위한 가설**인가 하는 점이라고 지적하며, 포우의 괴물이나 셸리의 「프랑켄슈타인」의 괴물을 단순한 괴물이 아니라 가설적인 존재로 보았다. 이 가설의 유무야말로 소설을 비롯한 여러 예술 창작물의 평가에서 중요한 기준점이 된다. 하지만 그는 영화 「프랑켄슈타인」의 괴물이 괴담적 괴물에서 한 발자국도 벗어나지 못했다고 비판하고 「투명인간」에 대해서도 비슷한 문제점을 지적한다.

웰즈의 저작 목적은 문명비판에 있었으므로 「투명인간」도 당연히 하나의 가설이며, 인간관계상의 '본다'는 행위의 의미가 신체적 형상을

* '가설'에 대해서는 졸고 「安部公房の〈仮説〉の設計: 『砂の女』に見る科学的認識に関連して」(『일본학보』 제98집. 2014. 2)를 참조.
** 「S·카르마 씨의 범죄」에는 카르마 씨가 벽을 '인간의 가설'이라고 노래하는 부분이 있다. 임시로 건설이나 설비를 한다는 의미의 '가설'仮設에는 '가설'仮説로서의 의미도 포함되어 있다. 「현대문학의 가능성」(『安部公房全集 015』)이라는 글에서도 '가설'仮設이라는 표현이 사용되는데 전집에는 '仮説'로 수정되어 있다.

잃어버린 인간의 고독을 통해 상당한 수준까지 파헤쳐진다. 그러나 영화에서는 단순한 괴물일 뿐이다. 「프랑켄슈타인」이나 「킹콩」과 비교하면 어느 정도는 과학적 장치를 갖추고 있지만 그 본질은 아직 괴기영화에 머물러 있다. (「SF의 유행에 대하여」, 382쪽)

아베는 괴물을 가설로서 등장시킬 수 없다면 진정한 SF영화는 만들 수 없다고 주장한다. 「투명인간」이나 「프랑켄슈타인」의 괴물이 원작 소설과 달리 단순한 괴물이 되어 버린 것은 분열된 현실을 그려 낸 원작의 가설적 요소를 상실하고 패턴화된 괴물과 예상 가능한 공포, 그리고 무엇보다 그에 직면한 사람이 자신을 둘러싼 현실의 모순에 대해 아무런 의문을 품게 하지 않는, 유형화된 괴기만을 제작했기 때문이다.

앞서 언급한 아베 고보의 에세이에서는 일본의 근대 인기 괴담 작품의 하나로 엔초円朝의 『신케이카사네가부치』真景累ヶ淵(1859, 일본의 고전 예능 장르인 라쿠고落語 작품. 라쿠고는 출연자가 무대에 놓인 방석에 혼자 앉아서 연기를 하며 우스꽝스러운 이야기를 들려주는 형식)도 가설이 없는 괴담의 한 예로 등장한다. 1859년 첫 상연 시의 제목은 「가사네가부치 후일의 괴담」累ヶ淵後日の怪談이었다. 1887년부터 1888년에 걸쳐 『야마토신문』에 속기록이 게재되었으며 같은 1888년에 단행본으로 출판되었다. 이 괴담은 살인사건을 발단으로 자손들이 차례로 불행한 삶을 걷게 되는 전반부와 영주의 아내에 대한 연모를 발단으로 전개되는 복수극인 후반부로 구성되어 있다. 제목에 쓰인 '신케

이'真景(진경)라는 단어는 19세기 말 당시로는 최첨단의 단어였던 '신케이'神経(신경)를 연상시킨다. 이 단어가 주는 일렉트로닉하면서도 모던한 느낌은 당시의 감상자에게 뭔가 새로운 기대감을 주었을 것이다. 하지만 이 작품은 타 괴담들과 마찬가지로 가설의 부재로 인해 흔한 괴담에 머무르는 데 그쳤다고 아베는 지적했다.

괴기소설 작가가 쓰는 것은 요괴를 믿는 괴담이지만, SF 작가가 쓰는 것은 요괴를 믿지 않는 괴담이라 할 수 있는 것이다. 이 두 괴담 사이의 거리는 '괴기'와 '경이' 사이의 문제이며, 그에 직면한 '망설임'의 에너지가 텍스트의 내부에서 소멸하는가, 아니면 텍스트에 등장하는 타자로서의 괴물을 비판적 거리를 취하며 바라보게 하는가의 문제와도 연결되어 있다.

가설의 유무를 기준으로 삼는 아베 고보의 문학론은 상당히 폭넓은 범주가 된다. 차페크, 카프카, 가넷 등도 그가 말하는 가설의 문학 계열에 포함된다. 그리고 마크 트웨인, 루쉰, 나쓰메 소세키夏目漱石 등 그 경계는 무한한 확산성을 띤다. 시대를 거슬러 올라가 스위프트나 세르반테스, 단테, 루키아노스 등, 그리고 그리스 시대까지 올라갈 수 있는 것이다. 그가 말하는 SF적 발상, 소위 가설의 문학이란 특별한 장르를 의미하는 것이 아니며 자연주의와 비교하더라도 훨씬 더 길고 깊은 주류적인 한 흐름을 말한다.

카렐 챠페크의 『R·U·R』이나 『도롱뇽과의 전쟁』은 물론 카프카의 『변신』 및 가넷의 『여우가 된 부인』도 당연히 SF 계열에 포함하여 생각할 수 있을 것이다. 마크 트웨인, 스티븐슨, 스트린드베리, 아폴리네르, 마야코프스키, 슈페르비에르, 루쉰, 나쓰메 소세키, 우치다 하쿠몬內田百閒, 아쿠타가와 류노스케, 이시카와 준石川淳 등도 마찬가지로 나아가서는 소위 SF 작가의 개념을 넘어서 이 경계선은 무한으로 확장되어 갈 것이다. (……) 더 시대를 거슬러 올라가는 것도 가능하다. 스위프트, 세르반테스, 셰익스피어, 단테, 아프레이우스, 루키아노스 등 가설문학의 계보는 결국 그리스 시대까지 거슬러 올라갈 수 있는 것이다. 이렇게 생각해 보면 SF적 발상은 특별한 경향을 가지는 장르가 아니라 자연주의 문학과 비교해 보아도 분명 훨씬 길고 깊은 역사를 지닌 하나의 주류였다. (「SF의 유행에 대하여」, 382~383쪽)

아베 고보의 문학 텍스트에도 이러한 흐름과 이어지는 괴물성을 띤 인물들이 등장하여 '망설임'의 에너지를 증폭시킨다. 가설의 문학과 괴물성에 관한 이러한 인식은, 본격적인 변신 소재가 등장하는 아베의 환상문학적 혹은 SF적 소설의 시초라고 볼 수 있는 초기 단편소설 「덴도로카카리야」デンドロカカリヤ(1949)부터 유작 『하늘을 나는 남자』飛ぶ男(1984)에 이르기까지 전 시기에 걸쳐 엿보인다. 전후 아방가르드 예술운동에 참여했던 아베에게 예술의 혁명에는 방법상의 혁명이 필요했다. 그리고 공산당의 당원으로 활동하면서 정치적 방향성을 구체화시켜 가던 그에게 괴물성의 효과에 의한 각성이란 예술의 정통성으로부터의 탈피와 동시에 현실 모순의 직시를 의미했을 것으로 보인다.

인식적 이화, 낯설게 하기

문학적 기법에서 볼 때 이러한 '괴물성'이라는 착안점은 러시아 포멀리즘의 '낯설게 하기'ostranenie, остранение 기법과 밀접하게 관련되어 있다. '낯설게 하기'란 일상적인 제재를 이질적인 것으로 변화시키는 것으로, 시클로프스키V. Shklovsky에 의해 제창된 개념이다. 관습적이고 친밀한 것이 예술적 인식을 방해한다는 사실에 대해서는 19세기에 콜리지(S. T. Coleridge, *Biographia Literaria*, 1817)나 셸리(P. B. Shelly, *The Defence of Poetry*, 1821)도 이미 언급한 바 있는데, 현대적 의미에서의 '낯설게 하기'는 시클로프스키에서 그 출발점을 볼 수 있다.

그는 「수법으로서의 예술」(1917)에서 생의 감각을 되돌려 사물을 느낄 수 있도록 하기 위해 예술이라 부를 수 있는 것이 존재하며, 예술의 목적은 직시하는 레벨에서 사물을 느끼게 하는 것이라 지적했다. 그에게 예술은 사물을 '낯설게 하기'이자 비일상화시키는 것이며, 예술의 수법은 지각이 곤란해지도록 시간을 지연시키는 것이다.

브레히트의 연극 수법으로서의 '낯설게 하기'Verfremdungs-effekt는 시클로프스키의 '낯설게 하기' 개념을 계승하여 일상에서 익숙한 현상에 대한 선입견을 제거하고 그것을 미지의 이상異常사태로 보이게 하는 예술적 수단으로 계승한 것이다. 브레히트는 그것을 현상의 본질 인식과 상황의 변혁을 촉진하는 과정까지 포함하는 개념으로 발전시켰다. 극 중 사건을 관객이 거리를 두고 비판적으로 바라보는 것을 강조하는 브레히트의 방식은 극으로의 감정이입이나 동화를 통한 카타르시스를 중시하는 아리스토텔레스적 연극 이론과는 대조적이다.

아베 고보는 소년 시절에 어머니가 갖고 있던『근대극 전집』을 애독했다고 하는데(谷真介,『安部公房評伝年譜』, 11쪽), 43권에 이르는 이 전집에는 스트린드베리, 피란델로, 차페크, 브레히트 등 근대극 작가들의 방대한 작품이 수록되어 있었다. 전후 아방가르드 운동에 참가하여 스스로도 희곡 집필과 연출을 했던 아베는 당시 인상 깊게 읽은 희곡으로 피란델로를 꼽았다. 사르트르의 실존주의적 염세주의에서 외젠 이오네스코와 사뮈엘 베케트의 부조리 희극에 이르는 프랑스 희곡은 모두 '피란델로주의'에 물들어 있다고 말하는데, 베케트에게서 아베 고보와의 유사성을 발견할 때 그 배경에는 피란델로라는 공통항도 간과할 수 없을 것이다. 현대 예술의 '낯설게 하기'적 요소는 다다, 초현실주의, SF, 포스트모더니즘 예술에서도 볼 수 있는데, 아베가 강조한 괴물적인 요소는 브레히트에서 개화한 역사적 현실을 직시시키는 인식적 차원을 포함하고 있다고 할 수 있다.*

블로흐Ernst Bloch는 '낯설게 하기'가 어떤 과정이나 성격을 관습적인 것으로부터 바꾸어 놓고 분리하는 것, 그러한 것들을 자명한 것

---

* 아베 고보는 초기의 실존주의적 작품에서, 그 직후에 출발한 초현실주의적 작품 및 기록적 작품군에 이르기까지 작풍의 변화를 보였지만 일관적으로 반자연주의적 성격의 창작 기법을 지향해 왔다. 아베의 텍스트에서 반일상적 혹은 비현실적 설정은 오히려 현실의 문제를 응시하게 하는 계기를 생성하며, 텍스트들은 철저하게 각 시대의 극히 현실적인 배경 위에서 구성되어 비판 대상으로서의 현실을 제시하고 있다.

으로 간주하지 않게 하기 위한 것이라고 말한다. 그것은 간접적으로 무언가에 새롭게 눈을 뜨게 하는 것이며 또한 소외 상황을 환기시키는 것이다(ブロッホ, 『異化』, 111쪽). 이러한 효과는 단지 이상한 존재를 등장시키는 것만으로는 성립되지 않는다.

'가설'의 문학과 괴물

1960년 3월호 『SF 매거진』 속표지에 다음과 같은 아베 고보의 축사가 게재되었다. "공상과학소설은, 극히 합리적인 가설의 설정과 공상이라는 극히 비합리적인 정열의 결합이라는 점에서 콜럼버스의 발견과 유사하다. 그러한 지적 긴장과 모험에의 초대의 충돌에서 발생하는 포에지(시정)는 단순히 현대적일 뿐만 아니라, 동시에 문학 본래의 정신에 연결된다." 두 대조적 중심축에 의해 그려지는 타원형과 같은 것으로 문학 텍스트를 보았다고 할 수 있는 아베에게 SF는 그러한 가능성을 내포한 창작의 장으로 비쳤던 것이다.

이후에도 아베는 '가설'의 문제에 대해 다수 언급하고 있다. 1961년 4월에 열린 한 좌담회에서 '가설의 정신'이야말로 문학의 본질적인 부분이며 그 기원은 근대의 과학 발전에 유래하는 것이 아니라 그리스 시대까지 거슬러 올라간다는 아베의 발언에 좌담회에 동석한 「우주소년 아톰」 등의 만화로 유명한 일본 만화계의 거장 데즈카 오사무도 동의를 표했다(「SF는 소멸하는가: 인공위성 발사에 대하여」 SFは消滅するか: 人間衛星船の打ち上げをめぐって, 1961年 8月号 『SFマガジン』, 『安部公房全集 009』, 184~193쪽). '가설'이란 물론 과학용어로 현상이

나 법칙을 발견하기 위해 설정하는 임시적인 설이다. 이 '가설'을 문학에 적용하는 것은 '괴물'에 의해 기존의 규범적 질서에 의문을 제기하고 새로운 모습을 모색하는 것과 연관되어 있다.

이 좌담회로부터 약 한 달 후에 『아사히신문』에서 아베는 과학적인 것과 비합리를 대치시키는 기계적 구분을 거부하고 두 세계가 사실은 늘 연결되어 있다고 주장했다. 아베에게는 이상사태를 배제하는 일상의 보수적 생활감정이 과학과 대립하는 세계인 것이다. 일상 속의 이상異常을 직시하는 것이야말로 과학적인 시선이며, 비현실적 세계가 과학에 의해 해명되기도 하며 과학이 비과학적인 이상사태에 의해 재발견되기도 한다. 이 에세이의 다음 해에 발표된 장편소설 『모래의 여자』砂の女에서 이상사태와 과학이 접속된다. 주인공의 실종은 단순한 도피가 아니라 새로운 종의 곤충을 발견하고자 하는 과학적 흥미에 이끌린 여행으로 시작되었다. 그리고 끊임없이 모래가 쏟아져 내리는 모래언덕이라는 이상지대의 불합리성이 모세관 현상의 발견에 의해 인식 가능한 대상으로 재정립된다.

괴물적 텍스트는 유령의 등장이나 신체의 이상이나 변화, 관습적으로 예측 가능한 서사구조를 파괴하는 돌발적 사태의 배치 등을 통해 효과적으로 형성된다. 탈출의 기회를 스스로 포기하는 『모래의 여자』의 남자, 핵전쟁에 대비한 대피소를 만든 주인공이 혼자서 그곳을 탈출하는 『방주 사쿠라마루』方舟さくら丸(1984), 미래를 예언하는 컴퓨터 프로그램을 만든 주인공이 프로그램에 의해 제거되는 『제4간빙기』(1958~59) 등 반전과 파탄에 의해 텍스트가 진행되고, 돌발적으로

보이는 사건들은 과학적 논리성과 밀접하게 연관되어 있다. 이러한 텍스트들이 제시하는 이상사태는, 현실을 돌아보게 하는 시선을 형성하는 계기로 작용한다.

아베는 문학사상文学史上의 공상적 작품군 중 상투적 괴담 등을 제외한, 비판적 상상력의 가능성을 지닌 텍스트들을 '가설의 문학'이라고 명명했다. 이 '가설의 문학'이라는 계보에 대한 공감은 아베 고보에게 괴물이라는 숙제를 던져 주었다. 아베는 전술한 괴물에 대한 발언을 통해 독자의 'SF 장르론=괴물론'을 전개했으며 이는 동시에 자신의 문학에 대한 입장 표명이기도 했다. 아베의 문학 텍스트는 자연주의적 감정이입을 배제하고 비판적인 인식을 촉구한다. 아베가 '괴물성'이라는 표현으로 높이 평가하려 했던 것은 SF적인 '낯설게 하기'에 가까운 효과였다.

2. 유령의 증식과 탈경계적 이동: 「제복」, 「유령은 여기에 있다」, 「함정」

일본의 전통적 괴담에 등장하는 이형의 신체는 억울한 죽음을 당한 인간의 원혼이 유령으로 변한 것과 그 유래가 명확하지 않은 신(요괴)으로 크게 구분된다.

다양한 이형의 신체를 소재로 다룬 아베 고보의 텍스트 속 괴물들은 앞에서 언급한 유형화된 전형적 괴담의 유령이나 요괴와는 다르다. 현대 일본 사회의 문제와 결합된 새로운 괴담, 즉 아베의 표현을 빌리자면 '요괴를 믿지 않는 괴담'을 등장시킨다.

괴물적인 등장인물을 크게 구분하자면 하나는 유령이며, 또 다른 하나는 살아 있는 인간의 신체가 변형된 낯선 신체, '일반적'이지 않은 이형의 신체로 나눌 수 있다. 이 장에서는 유령이 등장하는 아베 고보의 희곡과 시나리오 작품의 예를 들어 일본의 전통적 괴담에 등장하는 유령과는 다른 속성을 지닌 전후 일본 문학 속의 새로운 유령 표상을 살펴보고자 한다.

1) 유령의 증식과 탈경계적 이동: 「제복」

괴물이 등장하거나 환상적인 장면이 등장하는 소설은 다양한 장르에서 출현한다. 그러나 그것만으로 '괴물성'을 띤 소설이라고 말할 수는 없다. 카이와R. Caillios의 말처럼 환상이란 견디기 힘든 비일상적 스캔들이며, 틈새나 침입으로 현실 세계에 나타난다(ロジェ·カイヨワ, 『妖精物語からSFへ』, 1978, 11쪽). 현실계와 충돌이나 갈등이 없는 요정의 세계와 달리 환상, 공포소설에서의 초자연은 현실 세계의 내적 균열과 안정성의 파괴로 나타나고, 이론과 진보에 대한 공포라는 시대적 고뇌를 반영하는 SF소설에서 과학은 불안과 의문을 불러일으킨다. 질서 잡힌 일상에의 무질서의 침입이 반드시 '낯설게 하기'를 충분히 달성하고 있다고 할 수는 없더라도 먼 곳에서의 놀라움의 체험이 가까운 곳의 통찰력을 이끌어 낸다는 블로흐의 성찰은 브레히트가 강조한 거리를 두고 현실을 직시하게 하는 것, 아베 고보가 '괴물'이라 표현한 것과도 깊이 연결되어 있다. 갑작스러운 사건, 타자의 침입에 의

한 일상의 붕괴 등은 문학에서 중요한 역동적인 요소이며 때로는 폭력적이기까지 한 이 스캔들이야말로 현존하는 거대한 폭력에 비로소 눈을 뜨게 하는 계기를 제공한다.

갑작스러운 유령의 출현을 통해 일본 제국주의 식민통치라는 폭력적 역사 속 권력구도를 엿보게 하는 아베 고보의 첫 희곡 「제복」制服 (1954)은 두 가지 버전으로 집필되었다. 초판인 1막 5장본(1954)과 그 후에 수정, 가필한 3막 7장본(1955)이 있는데 일반적으로 초판의 작품성이 더 높게 평가되고 있다. 본서에서는 초판을 기준으로 논하고자 한다. 식민지 만주의 봉천에서 어린 시절을 보내고 청소년기에 일본과 만주를 왕래했던 아베 고보는 일본의 패전이 확실시될 무렵 만주로 돌아간다. 시모노세키下關와 부산 간을 잇는 관부 연락선은 이미 운항을 중지했기 때문에 니가타新潟에서 두만강 하구에 가까운 나진으로 건너갔다. 이때 나진에서의 체험이 패전을 앞둔 조선을 무대로 한 「제복」의 배경이 되었다. 만주에서 패전을 맞이하고 혼란을 경험한 아베는 1946년 다롄大連에서 일본인들을 이송하는 인양선을 겨우 타게 되었다. 일본으로 돌아가는 선내에서는 콜레라가 발생하여 승객들은 사세보 항에서 열흘간 억류되기도 했다.

타이틀의 '제복'이란 일본 제국주의 강점기 조선의 순사 제복을 의미한다. 얼어붙은 돌투성이의 언덕 오두막이 있는 조선의 풍경이 배경으로 펼쳐져 있고 순사 제복을 입은 50대 남자가 길옆 돌 위에 앉아 있는 장면으로 희곡은 시작된다. 평범해 보이는 이 장면이 이형의 풍경으로 변하고, 이 남자의 신체가 이형의 신체로 변하는 것은 바로 그의 첫 번째 대사를 통해서이다.

"나는 죽어 버렸다……. 죽어 버렸다고……? 그래, 죽어 버린 거야."

제복을 입은 남자는 이미 유령이었다. 제복을 입은 순사 유령이 무대 위에서 독백을 하고 있는 것이다. 일제강점기 말 조선에서 퇴직한 남자는 그동안 모은 2천 엔을 가지고 일본으로 다시 돌아가려는 전날 밤에 죽음을 맞이해 유령이 된다.

이 희곡에서는 또 하나의 유령이 등장한다. 깡마른 몸의 청년, 그는 조선인이다. 앞서 등장한 제복을 입은 순사를 살해했다는 누명을 쓴 이 청년은 그 누명으로 구금되고 구타를 당한 끝에 사망한다. 억울한 죽음이라는 소재는 전통 괴담에서 곧잘 등장하는 패턴 중의 하나이지만 이 텍스트의 큰 차이점은 이 청년이나 순사의 유령이 그들의 원한 때문에 다른 누군가에게 해를 입히거나 할 힘은 갖고 있지 못하다는 점이다.

상대적 권력구도 속의 하층 재조 일본인

제국의 순사로서 자부심을 가졌던 50대 남자는 중간자적 위치에 서 있다. 일본에서는 결코 사회적 지위나 경제적 상황이 높은 편이 아닌 많은 하층민이 식민지 조선으로 건너왔고 이 남자도 그들 중 하나였다. 하지만 조선에서는 조선인들 위에 군림하며 상대적인 권력자로 살아왔고 그동안 모은 돈으로 일본 치바千葉 지방에 가 땅을 사서 정착하려는 계획을 세우고 있었다. 전직 순사는 일본으로 떠나기 전날 한 오두막으로 친분이 있던 친구들을 찾아와 대화를 나누게 된다. '수염'과 '절름발이'라는 별명의 두 일본인은 탁주 밀조를 하며 여유롭지 못한 환경에서 생활하고 있는데 '절름발이'는 폐렴으로 추정되는 병으로 자리에 누워 있다. 그들의 대화 속에서 드러나는 일제강점기 조선에서의 생활은 결코 편안한 지배자의 생활은 아니다. 일본이 전쟁에서 지고 있다는 루머로 인해 불안감에 휩싸인 이들은 자신들이 조선인들에게 무시당하고 있으며 이들과의 물건 매매에서도 손해를 보고 있다고 생각한다. 이 일본인들은 단순한 지배자로서 강자의 위치에 있지는 않다. 그들은 결국 상대적 권력구도 속에 놓여 있는 하층의 일본인들이다.

제복으로 표상되는 제국 일본의 국가권력을 무기처럼 두른 순사는 일본에서의 계층이 높지 않았음에도 조선에서는 권력구도의 상위에서 조선인들을 착취하고 폭력을 행사한다. 일본의 현대소설가이자 평론가 시이나 린조椎名麟三의 동시대 평처럼, 소박한 행복을 바라는 남자가 제복을 입는 순간 갑자기 다른 인간으로 돌변하는 것이다. 제복을 통해 그는 권위를 부여받고, 제국주의적인 행동(谷眞介, 『安部公房評伝年譜』, 新泉社, 2002, 8쪽에서 재인용)을 하게 된다.

제복 입은 자의 책임 방기와 유령의 출현

유령의 증식은 '절름발이'의 죽음과 유령화로 이어진다. 그리고 죽은 자는 말이 없는 것이 아니라 그들의 말이 현실에 도달하기 어려운 것임이 유령들의 대화를 통해 드러난다. 조선인 청년의 억울함과 자신이 죽음 직전에 행사한 폭력조차 인식하지 못하는 일본인 순사, 순사의 죽음에 관련된 일련의 과정을 알고 있던 '절름발이'. 내 탓이 아니라고 변명하는 순사에게 '절름발이'는 그를 죽음으로 이끈 장본인인 '수염'도 같은 말을 했다고 말한다. 누군가의 죽음의 원인을 제공한 폭력의 근원들은 스스로의 책임을 방기하고 자신은 잘 모르는 일이라며 변명하고 자위한다.

폭력이 분출하며 말을 잃은 죽음만이 늘어 가는 시대적 전환기. "그런 옷을 입고 있으면 누구의 죽음에도 어느 정도는 책임이 있는 법"이라는 조선인 청년의 말은 의미심장하다. 제복은 조직적 권력의 상징이다. 제복을 입은 자는 옷을 입고 있을 때 보유하는 권위를 안위만을 위해 영위하고 있으나 제복을 입은 이상 그들은 공동체 내 인간들의 삶에 책임을 갖고 있어야 한다. 이러한 책임의 회피는 이 텍스트에서처럼 유령들을 더욱 증식시킬 뿐이다. 여기서 그려지는 아시아태평양전쟁과 식민통치기의 일본인 순사의 제복이 표상하는 의미는 현대의 다양한 제복 입은 이들의 책임 회피 문제와 크게 다르지 않다. 21세기 동아시아라는 지정학적 상황에서도 제복 입은 자들의 책임이라는 문제는 여전히 절실하게 요구되며 우리 사회의 많은 비극이 이와 연관되어 있다.

"범인을 잡는 녀석이 가장 범인일지 모르지. 그런 옷 따위, 벗어버리려고!"

위와 같은 청년의 외침에 순사는 제복을 벗어 던진다. 그리고 세 명의 등장인물은 서로 다투듯이 달려들어 제복을 짓밟는다. 그 순간 순사의 아내와 '수염'을 태우고 일본으로 출항하는 배의 기적 소리가 울려오고 무대는 막을 내린다.

제복 위에서 미친 듯이 춤추듯 울분을 토하던 세 사람은 멈춰 서서 국가 간의 경계를 넘어 이동하는 배를 응시한다. 천황제를 중심으로 한 제국 일본의 군국주의 정책으로 진행된 식민화와 폭력적인 권력구도 속에서, 피지배자로서의 조선 민중과 지배층인 일본인 식민자, 그리고 하층 재조 일본인 모두가 순사의 제복을 밟아야 하는 유령이 되어 버린 것이다.

2) 패전 후 일본의 유령 비즈니스: 「유령은 여기에 있다」

앞서 다룬 「제복」에서 등장한 유령들은 눈에 보이는 유령들로 한 명에서 두 명, 그리고 세 명으로 극이 진행됨에 따라 그 숫자가 늘어난다. 극의 진행과 함께 등장하는 유령이 점차 늘어나는 또 하나의 아베 고보의 희곡으로 「유령은 여기에 있다」幽霊はここにいる(1958)를 들 수 있다.

이 작품에 등장하는 유령은 일반인들의 눈에 보이지 않지만 그를 보는 특정 인간의 행동 묘사 및 말의 전달을 통해 그 존재를 드러낸다. 눈에 보이지 않는다는 것이야말로 어떤 의미에서는 이 유령을 더욱 현실적인 것으로 만드는 장치다. 유령이라는 이형의 신체성은 직접 시각적으로 그 모습을 드러내기보다는 이 희곡에서처럼 인간의 의심이나 불안 혹은 일종의 계략이 상상력과 결합되면서 등장하기 때문이다. 「유령은 여기에 있다」의 초연 팸플릿에서 아베가 밝히고 있듯이 '유령의 정체는 복잡한 것'이다. 이는 그 정체를 쉽게 인식할 수 없다는 불가지론적 의미가 아니다. 유령은 역사와 경제 그리고 정치에 이르기까지 다양한 요소가 얽힌 인간관계에서 산출되며, 논리화되지 않은 지점에서 출현한다. 또한 논리화와 함께 사라질 수도 있다(「作者の言葉」, 『安部公房全集 008』, 453쪽. 초출은 「유령은 여기에 있다」 초연 팸플릿, 1958. 6. 23). 가치를 거래하는 주식 등에 의해 움직이는 금융 시장에도 이러한 실체 없는 유령들이 활보하고 있다고 할 수 있다.

유령의 호적 작성과 상업화

「유령은 여기에 있다」(동 희곡의 초출은 1958년 8월호 『신극』新劇)는 1958년 6~7월에 센다 고레야千田是也의 연출로 처음 상연되었다. 전직 사기꾼으로 부랑자 생활을 하던 오니와大庭는 유령 친구와 함께 다니면서 대화를 나눈다는 후카가와深川啓介를 만나게 된다. 후카가와의 유령 친구는 유령 전우들의 신상 정보를 찾고 있었다. 오니와는 이들을 이용하여 돈벌이해 보겠다는 심산으로 후카가와와 유령을 데리고 8년간 떠나 있던 고향 기타하마 시로 돌아간다.

유령은 과거를 기억하지 못하는데, 후카가와의 말에 의하면 자신의 신상을 알고 싶어 하는 유령들이 있다고 한다. 후카가와와 그의 유령 친구는 이러한 유령들의 신상에 대한 정보를 찾아 주려 하고 있었고, 이런 사정을 알게 된 오니와는 이러한 상황을 이용해 사업을 시작하려고 한다.

오니와는 "죽은 사람의 사진 고가로 매입합니다"라고 쓴 전단지를 제작하여 배포한다. 이 전단지를 보고 죽은 시동생 사진을 팔러 온 주부 시민 A 등 사진을 팔고자 하는 여러 시민이 찾아오기 시작한다. 찾아온 손님에게는 죽은 사람의 신상 조사표를 쓰게 하고 일주일 후에 현금을 지급한다는 약속증서를 건네준다.

후카가와는 자신의 유령 친구 한 명만을 볼 수 있지만, 유령 친구의 말을 들어 보면 점점 더 많은 유령이 모여들고 있다고 말한다. 이렇게 모인 사진과 유령들의 신상 대조를 통해 후카가와와 오니와는 유령의 호적을 만들어 낸다.

유령을 둘러싼 이해관계의 충돌

위증사건으로 오니와와 관계가 있었던 지역 신문사 사장과 선거를 앞둔 시장은 그의 귀향 소식에 당황한다. 사장은 기자 하코야마箱山를 시켜 오니와를 감시하게 하는데 이 감시 과정에서 정체를 들켜 버린 하코야마는 '집 없는 유령에게 사랑의 손길을!'을 표제로 한 기사를 신문에 연재하게 된다. 신문 보도로 인해 유령 사건에 시선이 집중되면서 타 방송매체에서도 취재를 나오면서 유령 소동의 파장은 점점 증폭되어 간다.

시동생 유령이 혹시 자신들을 찾아서 돌아오게 될까 걱정하던 시민 A는 자신이 판 사진을 다시 돌려받으러 오지만 일단 팔았던 물건이므로 결국 천 엔이라는 대가를 지불하고서야 되찾게 된다. 이런 식으로 오니와의 사업계획은 순조롭게 이익을 산출하기 시작한다. 거

그림 4 가쓰라가와 히로시, 「문」(扉), 1978. 피에 물든 일장기가 그려진 문은 야스쿠니신사라는 이름으로 봉인되어 있다. 이곳에서는 '영령'이라는 이름으로 죽음의 역사적 의미가 포장되고 은폐된다. 죽음을 이용하는 폭력을 표상하고 있다는 점이 「제복」, 「유령은 여기에 있다」, 「함정」의 주제와 통하는 한 장의 그림이다.

리에는 사진 도둑도 출현하여 사진을 도난당한 가족들이 다시 오니와의 가게에 도난당한 사진을 사러 오기도 한다.

후카가와의 유령 친구에게는 강연이나 방송출연 의뢰, 탐정 업무 의뢰도 들어오는 등 유령 장사는 대성황을 이룬다. 오니와는 시장과 신문사 사장 형제를 이사로 세워 유령후원회를 설립하게 하고, 또한 유령보험이나 유령복 등의 사업까지 고안해 냈다. 이러한 상황 속에서 유령 따위는 있을 리가 없다고 주장하던 하코야마는 결국 신문사에서 해고당한다.

전쟁의 폭력 속에서 죽은 자들을 영령으로 내세워 산 자의 이익을 대변하는 구도는 현재에도 건재하다. 야스쿠니신사靖国神社 참배를 명목으로 정치적 행보를 보이는 일본 정치인들의 행태는 이러한 유령 장사와 유사하다.

「유령은 여기에 있다」에서 유령후원회 제2대 회장으로 취임하는 것은 다름 아닌 유령이다. 무대 뒤에서 보이지 않는 유령의 발언을 통해 이익을 얻고자 하는 이들이 이 유령의 행보를 지휘하고 있는 것이다. 유령은 라디오 생방송에 등장하여 다음에는 시장에도 출마할 의사가 있다고 발언한다. 또한 곤란에 처한 오니와와 시장은 유령복 모델에게 유령을 유혹하도록 지시하는 등 유령 사태는 점차 어디까지가 누구의 욕망인지 구분해 낼 수 없는 지경에 이르게 된다.

폭력과 유령의 탄생, 논리화와 유령의 소멸

이러한 혼란의 가속 속에서 요시다라는 이름의 노파가 등장한다. 그녀는 후카가와의 어머니였다. 그리고 그녀와 함께 진짜 후카가와 게이스케가 찾아온다. 그들이 찾던 전우의 유령은 실제 살아 있었던 것이다. 자신이 후카가와라고 믿던 요시다는 전시 중에 남방의 정글에서 자기 탓에 전우 후카가와가 사망한 것이라고 자책하고 있었다. 기아 상태의 정글에서 정신적으로 혼란을 겪고 괴로워하던 요시다는 후카가와의 인격과 자신을 바꾸어 기억하게 된 것이었다.

그동안 거울을 피하는 습관이 있었던 요시다(가짜 후카가와)는 거울 속의 자신을 비로소 정면으로 응시하게 된다. 자신의 정체를 알게 된 그는 더 이상 유령을 보지 않게 되었다. 그의 곁에 있던 유령이

자취를 감추고 어디론가 사라져 버린 것이다. 논리가 부재하는 곳에서 유령은 우리에게 다가오고 그것이 논리화되는 순간 유령은 사라질 수 있다는 논리구조가 이 부분에서 드러나 있다.

유령으로 장사하려는 이들, 부정을 눈감아 주는 대가로 이 장사를 용인하고 이용하려는 이들에게 유령의 증발은 위기가 된다. 유령을 어서 다시 불러내야 한다는 이들을 향해 진짜 후카가와는 "부르지 않아도 여기에 있다고, 유령은 여기에 있어" 하고 말한다. 유령의 증발로 인한 혼란은 금세 매듭지어지고 결국 어차피 진심으로는 믿고 있지 않았던 이들도 많았던 유령의 유무는 이제 더 이상 유령 사업에 중요하지 않게 된다. 하지만 새로운 유령을 생산하기로 한 오니와 부부는 금테 돋보기를 쓴 유령이 보인다고 외치며 희곡은 끝을 맺는다.

패잔병의 유령이 장사에 이용되고 가짜 유령이 거리에 증식해 가는 풍경은 실제 일본의 전후 모습이기도 했다. 이 희곡에서 유령은 사자의 기억과 그로 인한 불안 및 그를 이용하고자 하는 욕망이다. 그것들이 유령이 되어 나타난 이유는 유령을 발생시킨 폭력과 비논리에 희생된 목소리들이 우리에게 논리화를 촉구하고 있기 때문일 것이다.

3) 탄광촌의 유령과 노동조합의 분열: 「함정」

유령들이 증식해 가는 또 하나의 텍스트는 노동조합 내분을 배경으로 1960년대에 집필된 시나리오 「함정」おとし穴이다. 아베가 직접 각본을 쓴 영화 「함정」은 「연옥」煉獄(아베 고보 작 드라마 대본, 1960)이라는

드라마에 토대를 두고 있다. 「함정」은 일본 전후 아방가르드 영화운동의 기수 데시가하라 히로시勅使河原宏 감독에 의해 1962년 7월에 상영되었다.

아베 고보와 함께 1950년대 초 아방가르드 예술운동 조직 '세이키노카이'에 참여했던 데시가하라는 일본의 대표적 화도花道 유파인 소게쓰류草月流의 계승자이자, 일본 아트시어터 운동의 중심인물이기도 했다. 「함정」은 그의 첫 장편 극영화이자 아트시어터길드 ATG(1962년에 설립되어 비상업주의적 예술영화를 주로 제작, 배급한 일본의 영화사)의 첫 일본 영화였다. 이후 1964년에 데시가하라는 아베 고보의 각본으로 영화 「모래의 여자」를 제작하여 칸 국제영화제 심사위원상, 샌프란시스코 영화제 은상 등을 획득했다. 아카데미 감독상 및 외국어 영화상에도 노미네이트되고 마이니치 영화 콩쿠르 작품상을 받는 등 국내외에서 높은 평가를 받은 바 있다.

폐광지대의 유령 등장

「함정」에는 황폐해진 폐광지역의 하천지역을 무대로 복수의 살인사건에 의해 증식되어 가는 유령들이 등장한다. 이 죽음에는 탄광 노동조합 내부의 분열 문제가 얽혀 있었다. 어느 날 산에서 도망친 인부 A가 어린 아들과 함께 한 노동자 숙소에 오게 된다. 지도를 들고 하숙집 주인이 알선한 일터로 향하던 그는, 도중에 과자가게 주인에게 길을 물어 가면서 호수 근처를 걷다가 갑자기 나타난 수수께끼의 남자 X의 칼에 찔려 사망하게 된다. 이를 목격한 과자가게 여주인은 입을

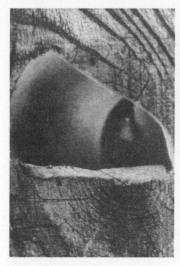

그림 5 데시가하라 히로시의 영화 「함정」 중에서①.　　그림 6 데시가하라 히로시의 영화 「함정」 중에서②.

다무는 조건으로 X에게 돈을 받고 파출소에서 거짓 진술을 한다.

　죽은 인부 A의 신체에서 유체이탈하여 일어난 유령은 사건의 현장검증 장면을 보며 분노하는데 이때 또 한 명의 유령이 등장해 그에게 말을 건다. 그 유령의 충고는 진상을 알게 될수록 더 괴로워질 뿐이라는 것이었다. 하지만 결국 A는 기자들을 감시하여 사건의 진상을 캐내게 된다. 인부는 히라야마 탄광의 제2노조위원장 오쓰카大塚와 쌍둥이처럼 닮은 사람이었다. 따라서 제2조합장이 대역을 고용해 범인을 제1노조위원장 도야마遠山로 위장한 범행일 것으로 기자들은 추측했다. 오쓰카는 용의자 도야마가 과자가게 주인의 목격증언을 변조시킨 것을 확인하기 위해 둘이 함께 과자가게에 가 보자고 제안한다.

오쓰카가 도착한 가게에서는 주인의 시체가 그를 맞이했다. 여자는 순사와의 밀애 중에 X에 의해 살해당한 것으로 순사는 이미 도망치고 없었다. A의 아들은 오쓰카를 보고 '아빠'라고 부르다가 그가 다가오자 도망친다.

아들이 착각할 만큼 닮았지만 자세히 보니 어딘가 다른, 익숙한 존재가 조금 달라 보이는 것이 주는 공포를 아이는 감지하고 있다. 필립 K. 딕의 단편 「가짜 아빠」The Father-Thing에도 아버지의 모습을 하고 있지만 그가 아닌, 어딘가 분명하게 다른 섬뜩한 존재가 등장한다. 매카시즘의 불안한 공기 속에서 1954년에 집필된 이 작품은 당시 미국의 핵가족화 및 교외주택화 등 새로운 전환기의 분열적 감각이 흐르고 있다.

노동조합 분열이라는 문제는 현대 일본 사회의 중요한 모순을 비추는 하나의 사회문제였다. 사회주의운동이 철저한 탄압을 받았던 전전 및 전쟁기를 거쳐 아시아태평양전쟁 패전 후 포츠담 선언으로 GHQ 통치기(1945~1952)를 맞이하면서 미 군정에 의해 일시적으로 구제국주의적인 것의 철폐, 즉 민주화와 비군사화가 슬로건이 되었다. 일본의 민주화가 시작되는 것처럼 보였던 이 시기 일본 공산당은 이를 환영하는 입장을 보였고 노동단체들 또한 마찬가지였지만, 이러한 상황은 곧 '역코스'逆コース, reverse course라고 불리는 비민주화 상황으로 급변했다. GHQ는 1947년에 일본 공산당이 주도하는 총파업을 중지하는 명령을 내린 것을 계기로 이후 사회주의운동 및 노동운동의 대대적 탄압을 시작하게 되었다.

이러한 상황은 구제국 일본에서의 아버지적인 것의 온존이라는 전후 일본의 문제와도 닿아 있다. 전쟁에 협력했던 전적으로 공직에서 추방되었던 이들이 역코스의 흐름 속에서 점차 다시 일본 사회의 주류 세력으로 복귀하기 시작한 것이다. 도쿄재판으로 전범의 일부는 처벌받았지만 천황의 전쟁책임이 추궁되지 않았다는 핵심적 불합리에 의해 일본의 전쟁폭력의 책임 문제는 해결되지 않은 채 새로운 전환기를 맞이했다. 그리고 기존의 군국주의적·제국주의적 권력구도를 타파하고 새로운 시대로 나아가야 한다는 시대적 명제에 반해 이것이 충분히 해결되지 않은 상태에서 보이지 않는 거대한 힘이 과거와 연결된 형태로 여전히 작용해 가게 된다. 이러한 일그러진 구조는 현대 일본 사회의 왜곡된 역사인식 문제와도 긴밀하게 연결되어 있다고 볼 수 있다.

노동단체는 이러한 불리한 외부적 상황과 함께 심각한 또 하나의 문제를 안고 있었다. 내부 분열이라는 문제가 바로 그것이다. 일본 공산당도 이러한 상황은 마찬가지였으며 1950년대 당시에 공산당에 참여하여 문화운동을 담당했던 아베와 데시가하라도 이러한 구도 속에 놓여 있었다. 당이나 조합 내부에서도 권력을 둘러싼 알력이 작용하면서 결국에는 더욱 큰 적에 의해 이러한 분열이 이용당하거나, 조직 자체가 와해되어 가는 결정적 원인으로 작용한 예는 전후 일본의 노동운동 및 학생운동에서 또한 마찬가지로 찾아볼 수 있었다.

문학자들의 당 비판과 일본 공산당의 제명

후쿠오카의 한 탄광을 주요 무대로 이 영화의 촬영이 진행되었던 1961년 여름, 공산당 산하 문학단체인 '신일본문학회'新日本文学会 소속 당원 문학자들이 당을 비판하는 두 개의 성명을 발표했다. 7월 22일에 21명의 서명으로 발표한 「진리와 혁명을 위한 당 재건의 첫걸음을 내딛자」真理と革命のために党再建の第一歩をふみだそう와 다음 달인 8월 18일에 28명의 서명으로 발표된 「혁명운동 전진을 위해서 전 당원에게 다시 호소한다」革命運動の前進のために再び全党員に訴える가 그것이다 (전자는 7월 31일자, 후자는 9월 4일자 『일본독서신문』에 게재되었다). 내용은 미야모토 겐지宮本顕治 등의 일본 공산당 간부에 의한 당의 독재적 지배체제와 반대파에 대한 부당한 처분, 안보 반대투쟁에서의 당 지도부의 무능한 대응, 그리고 당내 지식인들에 대한 경시 및 예술의 자유를 부정하는 것 등을 비판하는 것이었다. 그리고 이 서명에 관련된 전원이 당으로부터 당원 권리정지 1년을 선고받았다. 결과적으로 아베 고보와 데시가하라 히로시는 하나다 기요테루, 오니시 교진大西巨人 등과 함께 이듬해인 1962년 2월에 일본 공산당에서 제명된다.

영화 「함정」에서 뒤늦게 과자가게에 도착한 제1노조위원장 도야마는 제2노조위원장 오쓰카를 살인범이라고 여기고, 오쓰카는 오히려 자신이 도야마가 계획한 덫에 걸렸다고 생각한다. 서로를 오해하던 두 사람은 결국 그 자리에서 격투를 벌인다. 도야마가 떨어져 있던 나이프로 오쓰카를 찌르고 오쓰카는 도야마의 목을 조른다. 그리고 결국 두 사람 모두가 죽음을 맞이한다. 두 사람이 죽은 이 현장에는 수수께끼의 남자가 나타나서 시체를 확인하고 말없이 자리를 떠난다. 수수께끼의 남자는 물론 흰 장갑을 끼고 처음부터 곳곳에 말없이 등장하여 모든 죽음을 지켜본 인물, X였다.

그리고 이 현장을 지켜본 또 한 명이 있다. 이는 인부 A의 어린 아들로, 아직 이 상황을 이해하거나 바꿀 어떤 힘도 갖고 있지 못하다. 그는 힘겹게 자라날 것이며 그 세월 속에서 이 유령들을 양산한 불합리한 죽음의 과정을 어쩌면 잊어 갈지도 모른다. 비뚤어진 구조를 잊어버린다는 것, 바로 여기에 일본 근현대사의 결정적인 문제가 있다.

패전 후 일본의 사회운동 탄압이라는 상황과 이러한 어려운 상황을 극복하기 위해 단결하는 것이 아니라 오히려 분열로 약화되어 가는 노조 및 당의 모습, 그리고 이 대결의 틈새에서 희생되는 또 다른 약자의 모습이 투영되어 있는 이 영화에서 유령은 점차 증식한다.

억울하게 유령이 된 인부와 가게주인은 자신들을 죽인 자가 누구인지, 왜 자신들을 죽인 것인지 그 이유도 모른 채 절규하지만, 보이지 않는 권력의 중심과 연결되어 있을 것으로 추정되는 수수께끼의 인물 X는 조용히 사라질 뿐이다. '이름 없는 괴물 X'로서의 존재감을 발산하는 흰 장갑의 인물 X는 영화 안에 증식해 가는 허약한 유령들에 비해 훨씬 파괴력을 가진다. 하지만 그는 보이지 않는, 외부의 권력 구도가 유령을 양산하도록 돕는 에이전트로 활동하고 있을 뿐이라는 추측을 남기면서 영화는 막을 내린다. 수많은 에이전트와 에이전시가 권력의 중심을 위해 움직이지만 그 중심의 얼굴은 베일에 가려져 있다.

3장

메타몰포스와 일본 전후 문학적 가능성의 지평: 아베 고보의 문학과 신체변형의 베리에이션

1. 신체의 물화: 「S·카르마 씨의 범죄」, 「홍수」, 「시인의 생애」

1) 이름의 소멸과 사물화하는 신체: 「S·카르마 씨의 범죄」

이름이 사라진 아침

어느 날 아침 눈을 뜬 카르마 씨는 평소와 다른 위화감을 느낀다. 무언가 이상하다고 느끼지만 무엇이 이상한지를 모르는 것이 정말 이상하다는, 말장난과 같은 도입부로 「S·카르마 씨의 범죄」는 시작된다. 일본의 전후 작가 아베 고보의 아쿠타가와상 수상작인 이 소설의 주인공 카르마 씨는 아침에 자신을 찾아온 위화감이 공복 탓이 아닐까 생각하며 식당으로 향한다. 식당 테이블에 앉은 카르마 씨는 수프 두 접시에 빵을 한 덩어리 반이나 먹어 치우지만 그 이상한 느낌은 해소되지 않는다. 가슴은 점차 더 '텅 비어' 갈 뿐이다.

식당 계산대의 소녀가 그에게 내민 외상장부에 사인하려는 순간,

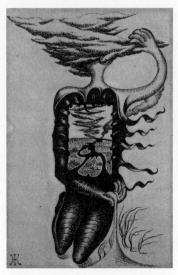

그림 7 『벽』에 수록된 가쓰라가와 히로시의 삽화①, 1951.

그림 8 『벽』에 수록된 가쓰라가와 히로시의 삽화②, 1951.

그림 9 『벽』에 수록된 가쓰라가와 히로시의 삽화③, 1951.

카르마 씨는 순간적으로 망설이게 되는데 이 '망설임'이 지금 자신이 품고 있는 이상한 기분과 관련되어 있음을 깨닫는다. 그는 자신의 이름을 기억해 낼 수 없었던 것이다. 이 사태가 기억력 감퇴나 치매와 같은 증상에 의한 것만이 아니라는 것은 신분증명서와 편지에 적혀 있던 이름, 심지어 옷 안쪽에 수놓아져 있던 이름마저도 지워져 있는 것에서 드러난다. 새로 판 명함이 들어 있던 케이스는 텅 비어 있고 우산, 모자, 손수건에까지 새겨 넣었던 이름은 흔적조차 찾을 수 없다. 그의 이름은 잊힌 것이 아니라 사라져 버린 것이었다.

이름을 알 수 없는 것, 이름이 없다는 것, 이것이 바로 '망설임'의 원인이다. 누구보다도 자명하게 스스로가 확신할 수 있는 자신의 존재가 이름의 상실이라는 사태를 통해 흔들리는 것이다. 앞서 서술한 이름 없는 괴물이 주는 불안을 카르마 씨는 자기 이름의 상실을 통해 스스로 체현하고, 체험한다.

츠베탕 토도로프Tzvetan Todorov는 『환상문학서설』(1970)에서 망설임이 갖는 힘에 대해 카조트의 『사랑하는 악마』(J. Cazotte, *Le Diable amoureux*, 1960)와 관련해 언급한 바 있다. 『사랑하는 악마』의 주인공 알바르가 수 개월간 동거해 온 여성으로부터 실은 자신이 공기의 정령이라는 고백을 받았을 때 보인 반응(알바레와 독자 모두의 반응)을 소개하고, 자연의 법칙밖에 모르는 자가 초자연적으로 생각되는 사태에 직면했을 때의 감정을 설명한다.

나에게 일어난 일이 사실인가, 자신을 둘러싼 것들이 분명히 현실인

가, 그렇지 않으면 모든 것은 환각에 지나지 않고 그것이 꿈으로 나타난 것일 뿐인가 하고, 망설이며 또한 의심한다. (ツベタン・トドロフ, 『幻想文学序説』, 及川馥外 訳, 2002, 41쪽)

우리가 잘 알고 있는 세계에서 어느 날 갑자기 지금까지 익숙했던 세계의 법칙으로는 설명할 수 없는 사건이 일어났다고 하자. 이상사태에 직면한 사람은 두 가지 선택지를 제시받게 된다. 이상한 사건을 모두 오감의 환각 혹은 상상력의 산물로 돌릴 것인지, 아니면 이 사건을 정말 일어났던 것이자 현실의 일부로 받아들일 것인지 하는 것이다. 우리가 선택하는 것이 전자의 경우라면 세계의 법칙은 그대로 온존되고 후자를 선택한다면 현실은 우리가 모르는 법칙에 의해 지배되고 있다는 것을 알게 될 것이다. 토도로프는 전자를 괴기, 후자를 경이라고 부른다.

환상이란 자연의 법칙밖에 모르는 이가 초자연적이라고 생각되는 사태에 직면했을 때 느끼는 망설임이며, 괴기와 경이라는 두 개념과 관련하여 규정되고 그 분수령에서 끊임없이 침식된다(같은 책, 263쪽).

이때 망설임이란 눈앞에 나타난 이상사태를 괴기스러운 것으로 받아들일 것인지, 혹은 경이로운 것으로 규정할 것인지 사이에서의 판단유보 상태를 의미한다.

경고하고 환기하는 괴물

토도로프가 지적한 망설임과 상통하는, 이상사태에 촉발된 의식의 흔들림에는 일종의 가능성이 내재되어 있다. 아베는 괴물적인 것에서 문학의 이러한 가능성을 발견한 것으로 보인다.

상식이나 자연법칙으로는 이해하기 어려운 사태에 직면한 주인공과 그 이야기의 독자는 괴기와 경이 사이에서 둘 중 하나를 선택함으로써 지금까지 알아 온 세계에 대한 인식 방법을 유지할 것인지, 혹은 그것을 뒤집는 전복을 선택할 것인지를 결정해야만 한다. 경이를 선택한 경우에는 세계의 법칙 혹은 불변의 질서로 간주되어 온 관념이나 개념, 정전正典:cannon, 관습 등이 가변적인 것으로 모습을 드러내게 된다. 이 망설임의 순간에 의식의 역동적 움직임이 작동하기 시작한다. 아베 고보가 SF소설의 괴물성과 그것이 독자에게 주는 망설임의 효과에 주목했을 때 그는 독자가 경이를 선택하고 현실에 대한 비판적 인식의 정지 상태를 타파하여 새로운 세계관을 구축할 것을 촉구하고 있었던 것이다. '경고하고, 환기하는 괴물'의 가능성의 모색은 이러한 기대에 기반해 있었던 것으로 보인다. 과거의 SF적 텍스트들은 황당무계한 것으로 간주되고 경시되는 경향이 있었다. 하지만 이러한 텍스트들은 전술한 의미에서 바라볼 때 현행의 규범적인 것들을 다시 묻고, 현실 그 자체의 재인식을 촉진하는 전복転覆적인 텍스트가 된다.

카르마 씨는 이름을 찾기 위해 방황하는 과정에서 더욱 괴물이 되어 가고 그는 우리의 일상의 문제점에 대해 '경고'하고, '환기'한다.

카르마 씨의 괴물화에 대해 다음에서 조금 더 살펴보자.

사물을 흡수하는 신체

규정되지 않음이란 새로운 규정 혹은 또 다른 침입이 가능한 공백을 의미한다. 이름을 잃은 카르마 씨는 자신의 공허한 가슴속으로 사물을 빨아들이기 시작한다. 이름에 의해 규정되던 자기동일성을 지닌 자아가 이름을 잃어버림과 동시에 다른 물질들을 체내에 담으면서 기존의 신체와 다른 새로운 이질적 신체성을 지니게 되는 것이다. 카르마 씨의 신체는 새롭게 재구성되기 시작하고 세상은 그를 평범한 샐러리맨에서 위험인물로 새롭게 주목하게 된다. 그가 시선에 의해 사물을 흡수해 버리는 과정은 우리가 사물을 지각하고 인식하여 새로운 개념을 정립하는 것과도 닮아 있다. 그러나 이것이 타인의 능력과 현저한 차이를 보이고, 또 누군가에게 손실을 줄 때 이는 타인들에 의해 위험한 것으로 간주된다. 카르마 씨의 시선에 의한 사물 흡수가 문제시되는 것은 그의 시선이 자신에게 향해져 자신이 '소멸=흡수'될 것을 두려워하는 사람들에 의해서였다. 결국 사물의 흡수 능력으로 그의 주위에는 대혼란이 일어나고 위험인물로 낙인찍힌 카르마 씨는 재판에 회부되기에 이른다. 그리고 위험인물이 된 카르마 씨는 도망자로 변모한다.

신체의 축소와 확대, 그리고 탄생의 역행

유리병에 담긴 액체를 마시고 거인이 되기도 하고 작아지기도 하는 루이스 캐럴의 이상한 나라의 앨리스처럼, 카르마 씨 주변에서도 주인공 및 등장인물의 신체가 마이크로 레벨로 축소되거나 다시 확대된다. 그리고 내부로 사물을 흡수해 버리는 사건으로 큰 파장을 일으킨 카르마 씨의 신체를 조사하기 위해 '성장하는 벽 조사단'이 파견되기에 이른다. 조사단의 단장은 병원에서 카르마 씨를 진찰했던 검은 닥터, 그리고 그와 함께 등장한 부단장은 유르반 교수라는 인물이다. (그의 이름은 도시적이라는 urban에 어원을 둔 것으로 보이며 자신 스스로를 도시주의자라고 자칭한다.)

그런데 유르반 교수를 본 카르마 씨는 자기도 모르게 "아빠!"라고 외친다. 그는 카르마 씨의 아버지였던 것이다. 하지만 박사는 코미디와 호러가 믹스된 분위기로 "공사를 혼동해서는 안 된다"며 자신은 아버지가 아니라 못 박는다. 부성을 부정한 유르반 교수는 부자관계의 물리적 역행을 시도한다. 카르마 씨의 신체는 아버지의 신체 내부에서 나온 정자에 의해 생물학적으로 발생되었다. 그러나 이제는 아버지의 신체가 아주 작게 축소되어 카르마 씨의 신체 내부로 들어간다. 유르반 교수는 낙타를 타고 카르마 씨의 눈 속을 통해 체내로 들어가고, 교수가 들어간 카르마 씨의 신체 안에는 병원 대기실 잡지에서 흡수한 사막이 펼쳐져 있다. 그리고 교수와 낙타라는 이물질이 눈물샘의 생리작용을 자극한 것인지 체내에서는 거대한 홍수가 일어나고, 교수는 이 사태에서 벗어나기 위해 재채기의 원리를 이용해 카르마 씨의 코를 통해 체외로 배출된다.

아들의 체내로 회귀하고 다시 그곳에서 세상으로 나오는, 일종의 탄생을 겪는 아버지는 더 이상 존경과 권위의 상징이 아니다. 교수는 권위 있는 척하지만 우스꽝스러우며 경박하다. 질서를 강조하지만 그 질서체계는 설득력을 지니지 않으며 독자의 반발을 불러일으킨다.

　　가족을 그리는 일이 많지 않은 아베 고보의 소설에서 아버지의 등장은 일본 천황제로 상징되는 '전통', 혹은 권력의 중심이 인간의 삶과 유리되며 이를 억압하는 상황을 연상시킨다. 논리를 잃은 형태만의 권위를 몸에 걸친 구질서체계는 와해되어 가면서도 유령처럼 그 이름을 유지하고 떠돌며 우스꽝스러운 억압을 지속한다. 칼을 가는 연석을 들고 나타나서 여기에 빛이 나도록 갈아 낸 해부도를 아들의 가슴에 들이대는, 과장된 코믹함이 있으면서도 잔혹한 아버지상은 구질서와 권력을 향한 비판의 시선을 이끌어 내는 장치다. 생명의 발생 과정에 따른 물리적 이동 방향을 거스르며 아들의 신체로 뛰어드는 장면은 탄생의 역행을 나타낸다. 이는 신체의 확대와 축소라는 극적인 변화만큼이나 비합리적인 전개이지만 아버지에게서 아들 세대로 이어지는 계통화는 절대적인 것이 아니라는 반항적 웃음을 창출한다. 단지 출발점에서 시작된 다음 정류장의 연속이라 할 수 있는 신체 유전은 결정적 질서가 아니며 정형적이지 않은 크기의 신체가 축소와 확대를 거듭하면서 질서 역행의 가능성을 제시하는 것이다.

죽은 유기물에서 살아 있는 무기물로

물질은 크게 유기물과 무기물로 구분되어 왔다. 유기물이란 생물을 구성하는 화합물 또는 생물로부터 생성되는 화합물을 의미하며, 무기물은 광물에서 얻을 수 있는 물질을 말한다. 하지만 근대 이후 과학의 발전에 따라 이러한 기준을 엄격하게 적용할 수 없는 예들이 출현하면서 점차 무기물과 유기물을 엄격하게 구분하지 않게 되었다.

인간이라는 유기물적 신체가 다른 형태로 변형되는 경우, 막연히 그 새로운 신체 또한 유기물일 것으로 생각하기 쉽지만 고대 그리스·로마 신화나 아베 고보의 소설의 예를 떠올려 보면 이 이형의 신체는 유기물에 한정되지 않는다.

「S·카르마 씨의 범죄」에서 이름을 잃어버리고 사물을 흡수하는 신체성을 지니게 되는 주인공 카르마 씨의 최종적 변형체가 되는 거대한 벽의 형상은 전후 일본에 있어 사회·역사적으로 다중의 의미를 포함하는 표상이다. 사방이 둘러싸인 고립된 열도라는 추상적인 벽, 아시아태평양전쟁을 일으키고 그로 인해 재판을 받은 전범들이 수용된 도쿄 스가모巢鴨 프리즌의 벽, 대륙과 열도를 잇는 다양한 배들의 벽, 모든 역사가 쓰이는 무대인 인공적 구조물의 기초.

「S·카르마 씨의 범죄」의 결말부에서 카르마 씨의 신체가 거대한 벽으로 변화하는 장면은 영화 「스페이스 오디세이」에 등장하는 거대한 돌판을 연상시킨다. 카르마 씨의 이형의 신체는 이제 딱딱한 벽이라는 무기물이지만 이 무기물의 신체는 죽어 있는 정적인 것이 아니다. 벽이 된 카르마 씨의 신체는 운동과 성장이라는 유기물적 속성을 가진다. 카르마 씨의 거대한 벽은 사막 한가운데에서 무한을 향해 솟아오른다. 이 소설에 등장하는 전단지에 적힌 "죽은 유기물에서 살아 있는 무기물로!"라는 문구는 작가 아베 고보가 예술 창작을 통해 호소하고자 했던 핵심적 주제 중의 하나이다.

　이러한 벽으로 사물화하는 카르마 씨의 주변에서는 사물로 변하는 그의 상황과는 반대로 사물들이 새로운 신체성을 획득하며 몸을 움직이기 시작한다. 초기 디즈니 애니메이션처럼 보이는 이러한 장면에서는 카르마 씨의 옷이며 벨트, 구두 등이 약속 장소로 움직이려는 카르마 씨를 무력으로 저지한다.

　일본 민속학 자료를 살펴보면 쓰쿠모가미付喪神 / 九十九神라고 구분되는, 오래된 도구가 변신하여 그 도구의 속성을 지니는 요괴가 있다. 모리타 슈헤이森田修平 감독의 단편 애니메이션 「쓰쿠모」九十九 등에서도 등장하는 이러한 종류의 요괴는 가마쿠라鎌倉 시대 이전에는 요괴로 등장하지 않았다. 시부사와 다쓰히코澁澤龍彦는 수공업의 발달에 따라 대량의 도구에 둘러싸이게 된 중세를 고대와 비교하면서 제

그림 10 쓰쿠모가미 에마키

1의 자연에서 제2의 자연으로 정령이 옮겨 간 것이라고 도구의 요괴에 대해 언급했다(고마쓰 가즈히코, 『일본의 요괴문화』, 50~51쪽). 시부사와 다쓰히코의 이러한 쓰쿠모가미적 논점을 확장시켜 카르마 씨의 명함이 살아 움직이며 회사에서 카르마 씨의 역할을 하고 있는 장면을 풀이한다면, 현실적 신체와 유리된 이름과 그 이름을 내어 건 사물이 넘쳐 나고 있는 근현대 사회라는 제3의 자연으로 이 정령은 이동한 것이라 할 수 있을 것이다.

다음에서 살펴보게 될 액화 또한 생물로의 변형이 아닌 물이라는 일종의 광물로의 변화이다. 이러한 무기물이야말로 유기물들의 세계를 더욱 역동적으로 변화시키는 압도적인 거대한 힘으로 작용한다. 정적인 무기물과 동적인 유기물이라는 고정관념을 흔드는 관점을 도입하는 아베 고보는 인간 신체를 다양한 무기물로 변형시키고 그 역동성에 주목했다.

2) 인간 신체의 액화: 「홍수」

신체변형의 베리에이션과 계급적 메타포

정형의 신체가 이형의 신체로 전환하는 변신 방식에는 다양한 유형이 있다. 이형의 신체에는 태어나면서부터 생득적으로 그러한 형태의 신체를 가진 경우도 있고 병이나 사고에 의해 기존의 신체가 훼손 혹은 변형되는 경우도 있다(이 책의 4장 「전후 일본과 기형의 신체」 참조). 아베 고보의 문학 텍스트에도 이러한 다양한 이형의 신체를 지닌 등장인물이 등장한다.

이러한 경우들에 비해 더욱 비현실적으로 보이는 이형의 신체 묘사는 변신이라고 해야 할 만큼 한순간에 극적인 신체변화를 가져오는 경우이다. 아베 고보가 괴물적 텍스트의 계보 첫머리에 배치시킨 그리스·로마 신화의 변신담에서 그려지는 것은 동물이나 식물 혹은 광물 등 타 존재 형태로의 전환이 대다수를 차지한다.

또한 신체의 일부 혹은 전체의 소멸이 신체의 변신 과정에 동반되기도 한다. 사실은 변신 자체가 기존 형태의 소멸이라고 볼 수 있으며 동시에 새로운 형태의 생성이기도 하다. 아베가 집중적으로 그린 신체 변형 중의 많은 부분을 차지하는 것은 인간 신체의 유기물에서 무기물로의 변화이다. 그중 가장 역동적인 예의 하나로 인간 신체의 액체화를 들 수 있을 것이다. 아베가 그리는 물의 표상은 폭력에 밀접하게 연관되어 있다. 그것은 생과 사의 경계이기도 하고 역동적으로 세계를 착란시키기도 한다.

「홍수」洪水(1950)라는 단편소설은 어느 날 인간이 액체처럼 녹아내리는 사건으로 시작된다. 천체망원경으로 하늘을 관찰하고 있던 한 철학자가 하늘을 바라보는 것에 따분해져 우연히 그의 망원경을 땅으로 돌린 순간, 놀라운 광경을 목격하게 된다. 피곤함에 지쳐 골목길을 터벅터벅 걸어오던 한 노동자가 발끝부터 녹아서 액체로 변화하기 시작한 것이다. 얼음이 녹아내리듯이 액체로 변한 이 '액체인간'은 낮은 곳으로 흘러 사라져 버린다. 다음 날부터 세상 곳곳에서는 인간의 액화가 속출하게 된다.

이 액화가 특징적인 또 하나의 지점은 「홍수」에서 홍수의 원인이 프롤레타리아 계급 인간의 액화로 설정되어 계급성의 문제가 전면적으로 강조되어 있다는 점이다. 감옥에 수용된 이들이 액화하여 그 액체가 벽을 타고 흘러나오기도 했고, 스케이트를 타던 사람이 그대로 녹아내리는 등 여기저기에서 혼란이 일어났다. 이 액화된 인간들은 물과 유사한 특징을 보였으나, 공포를 느끼고 있는 것은 정부의 고관이나 노부인 등 지위가 높거나 부유한 이들과 구세대의 사람들이다. 나날이 퍼져 가는 물의 위협을 두려워하는 이들은 이를 피해 수동적으로 피난처를 찾아갈 뿐이다. 이와 대조적으로 액체인간들은 '산을 기어오르고, 강으로 휩쓸려 들어가며, 바다를 건너' 증발하여 구름이 되기도 하고 비가 되어 다시 지상으로 내려오는 등 격렬한 기세로 확산과 응결을 반복하여 상전이를 하면서 다양한 경계지점들을 넘는다. 액체가 된 인간들은 끊임없는 운동성을 과시하고 조그만 충격에 갑자기 끓어오르거나 녹아내리기도 하는 등 불안하지만 역동적인 변화의 가능성을 보인다고 할 수 있다.

이 액화의 특징을 조심스럽게 살펴보면 액화된 인간들은 대부분 사회적 약자층에 국한되어 있다. 그리고 갑자기 불어난 물의 습격에 익사하는 이들은 대부분 자본가를 중심으로 한 부유층들이다. 다소 거친 이 판타지에 그려진 비교적 단순한 구도의 계급 논리는 텍스트 창작 당시인 1950년대에 아베 고보가 아방가르드 예술운동과 사회주의운동에 투신했던 사실과 연관이 있다.

전술한 것처럼 아베는 일본의 2차 아방가르드 예술운동기에 요루노카이 및 세이키노카이에 참석했다.

세이키노카이는 '종합예술운동체'를 표방하고 있었으며, 『세이키 뉴스 05』世紀ニュウス 05(1949. 7)에는 「혁명의 예술은 예술의 혁명이어야 한다!」는 아베에 의한 마니페스토가 실려 있다. 화가 가쓰라가와 히로시는 『폐허의 전위: 회상의 전후 미술』廃墟の前衛: 階層の戦後美術(一曜社, 2004)에서 세이키노카이의 '예술운동'이야말로 당시와 같은 시대적 전환기에 무엇보다도 적합한 개념이었다고 회상한다. 세이키노카이의 기관지 『BEK』에 실린 아베의 보고에는 "혁명은 필요하나 신격화된 사회에 대한 신앙을 거절하는 것에 진정한 혁명의 정신이 있으며, 혁명의 노예가 되는 것과는 투쟁해야 한다"라는 기록이 있다.

세이키노카이가 본격적인 예술운동 조직으로 출발하기 직전인 4월에 발표한 「선언」이라는 글에서 아베는 어머니로서의 신화와 결별하고 아버지로서의 실존을 창조의 길로틴(단두대)으로 축출하자고 외쳤다. 이러한 표현은 아베의 초기 문학의 중심사상이었던 실존주의와의 결별을 의미하는 것이었다고 할 수 있으며, 또한 당시 일본 사회의 문제점과 그 결별을 촉구하는 것이기도 했다고 보인다.

당시 일본은 패전을 겪고 통치권력은 GHQ로 이동했으나 천황제를 축으로 하는 단일민족국가의 신화는 그대로 온존되어 있었다. 기존의 정치·경제적 권력자들 또한 대부분 그 자리를 유지했다. 전쟁 중에 탄압받았던 일본의 사회주의운동은 패전 후 GHQ에 의한 민주화, 비군사화 프로세스의 개시와 함께 다시 활동을 재개하게 되었으나 1947년 총파업 중지 명령을 시작으로 곧 역코스라 불리는 탄압에 직면하게 된다. 아베는 1950년대 초 공산당에 입당하고 조직책으로 관동 지역의 공장지구 시모마루코下丸子 지구에 파견되어 노동자들의 문학활동을 지도했다. 기존의 자연주의 문학 혹은 사회주의 리얼리즘 문학과 선을 긋고 예술 표현상의 혁명을 추구하는 것을 시도한 아베의 소설 텍스트 속에는 이러한 시대적·사회적 문제의식이 또한 강하게 녹아 있었다고 할 수 있다.

평범하고 약한 존재인 등장인물의 신체가 상식을 넘어서는 기이한 형태로 변형되는 표상이 빈출하는 아베의 텍스트가 일반적인 괴담이나 판타지와 구분되는 지점인 현실적인 사회비판의식은, 권력에 의한 폭력 속에서 억압되는 약자의 상황에 대한 동시대적 문제의식으로 시선을 돌리게 할 가능성으로서의 예술 표현을 지향했던, 예술운동과 사회운동의 동시적 추구에 기반하고 있었던 것이다.

SF, 시각적 부메랑: 비현실적 사건과 과학적 언설

아베 고보가 다루는 비현실적 사건은 아이러니하게도 과학적 언설이 다수 사용된다. 비현실적이자 비과학적으로 보이는 사건이 의외로 과학적 표상이라는 장치를 사용하여 형상화되어 있는 것이다. 이는 SF소설이 과학소설science fiction임에도 'SF적'이라고 말할 때 그 과학적이고 논리적인 측면보다는 비현실적 상황을 대표하는 단어처럼 언급되는 경우가 많은 것과 궤를 같이할지도 모른다. 인간의 신체가 녹아내리거나 새로운 종으로 변화하는 등 얼핏 보기에는 황당무계해 보이고 비합리적이며 불확실한 것으로 보이는 이異세계가 실은 과학적 요소들의 집합으로 이루어져 있으며 과학적 인식을 깨우고 비판적 의식으로 이끄는 창이기도 한 것이다.

불확실성의 세계에서 가능성으로 추출하고자 하는 아베가 그려 내는 과학적 표상은 SF 분위기를 내기 위한 단순한 상징에 그치지 않고 과학적 논리에 근거하여 전개된다. 소위 SF소설은 과학기술에 관한 지식 및 문학적 상상력을 구사하여 아무도 본 적 없는 미래를 예측하기도 한다. 하지만 아베의 소설은 미래학의 차원이라기보다는 먼 미래를 응시함으로써 다시 현재를 비판적으로 응시하게 되는 시각적 부메랑의 역할을 하게 된다.

인식 대상으로서의 세계를 바라보는 시각의 문제를 망원경을 들여다보는 행위와 전도된 상을 통해 그려 낸 「홍수」는 과학적 인식의 논리와 그 의미 자체를 대상화하는 것에서 시작하고 있다. 이 단편소설은 홍수의 모티브가 집약적으로 그려지는 첫 텍스트일 뿐만 아니라 이후 전개될 아베 고보의 사상적·논리적 틀을 예측하게 해 주는 구성을 보이고 있다.

'노아의 방주' 전설과 계급 문제를 링크시켜 다룬 「홍수」는 한 철학자가 망원경을 들여다보는 장면에서 시작된다. 그는 홍수의 시작을 알리는 인간 신체의 액체화를 처음 목격하는 인물이다. 이 철학자의 천체망원경을 통한 관찰 장면을 시발점으로 분석해 보면 「홍수」라는 텍스트에서 극명한 콘트라스트를 이루는 몇 가지의 카테고리를 추출할 수 있다. 원·근, 내·외, 명·암, 열·냉이라는 네 쌍이다. 텍스트 내에서 이 카테고리를 구축하는 것은 바로 과학적 언설이다.

가난하지만 성실한 한 철학자가 우주의 법칙을 탐구하기 위해 옥상 위에 망원경 한 대를 가지고 나와 천체운행을 살피고 있었다. 딱히 지겨웠던 것은 아니지만 그는 평소처럼 무의미한 유성 몇 개와 정해진 별의 위치밖에는 발견할 수 없을 것 같아 무심코 망원경을 지상으로 돌렸다. (『安部公房全集 002』, 495쪽)

「홍수」의 도입부에 등장하는 '가난한, 그러나 성실한 한 철학자'는 우주의 법칙을 찾기 위해 망원경으로 천체운행을 탐색하던 도중에 '몇 개의 무의미한 유성과 정해져 있는 대로의 별의 위치'를 발견하는 것에 만족하지 못한다. 옥상에 올라가 있던 그가 천체를 바라보는 행위는 자신이 속한 세계의 외부를 관찰하는 것이었다. 하지만 하늘에서 지상으로 눈을 돌리는 바로 그 순간, 그의 시선은 자신이 속한 세계 내부로 들어온다.

철학자는 물론 이 세계가 법칙만으로 움직이지는 않는다는 것을 알고 있었다. 하지만 그가 뒤이어 목격하게 되는 사건은 그러한 차원을 넘어선 것이었다. 그는 망원경을 통해 길을 걸어가던 한 노동자가 액체로 녹아내리는 장면을 목격하게 된 것이다. 이 철학자의 시각적 경험에는 선명한 콘트라스트를 이루는 요소들이 도처에 배치되어 있다.

우주와 현실 세계를 오가는 내·외와 원·근의 대조, 광학기구를 이용한 관찰에서 포착되는 명·암의 대조, 유체역학의 상식에서 벗어나는 불안정한 빙점이나 기화점에 의한 상전이에서 제시되는 열·냉의 대조가 그것이다. 「홍수」에는 이 네 가지 카테고리의 개념쌍들이 선명하게 그려져 있으며 이러한 이항 대립적 이미지들은 차후에 아베 고보가 헤테로와 호모라는 개념을 도입하여 예술의 사회적 기능에 대해 논했을 때에도 바탕이 되었을 것으로 보이는 이미지의 대립쌍들이다. 아베는 단일성의 위험과 다양성의 가능성을 대비시키면서 문학, 예술은 단일화 혹은 집합을 목표로 하는 샤먼의 노래 같은 것이어서는 안 된다는 입장을 표명한 바 있다(헤테로와 호모에 관한 논의는 이 책의 139쪽을 참조).

3) 노동의 물화: 재킷으로 변하는 어머니의 신체, 「시인의 생애」

피로로 가득 찬 신체

앞서 기술한 아베의 계급의식은 신체의 의복화를 통해서도 그 흔적을 드러낸다. 세이키노카이 시절에 집필한 단편소설 「시인의 생애」詩人の生涯(1951)는 가난한 시인의 어머니가 방적기계로 실을 뽑는 장면으로 시작한다. 어머니는 새벽부터 밤늦게까지 '인간의 가죽을 뒤집어 쓴 기계처럼' 물레를 밟아 댄다. 위장 모양의 기름통에 하루에 두 번 우동 같은 기름을 넣고 그 기계를 쉬지 않고 돌려야 한다. 기름이 묻어 투명할 정도로 검은색이 된 물레 앞에서 그녀는 자신의 주름투성이 주머니 같은 신체 속에 있는 말라비틀어진 근육과 노란 뼈로 이루어진 기계가 피로로 가득 차 있음을 깨닫는다.

그리고 그녀는 자신이 이 피로를 위해 물레를 밟아야 하는 것이 아닌가 하는 의문을 품게 된다. 만약 이 노동이 피로를 '기르기' 위한 것이라면, 이제 피로, 너는 내 안에 더 이상 있을 수 없을 정도로 충분히 커졌다. 그리고 나는 '솜'처럼 피곤해져 버렸다. 노란 삼십 촉 자리 전등 아래서 그렇게 생각하는 순간, 마침 들고 있던 실이 떨어진다. 그녀는 가죽 주머니 속의 기계에게 명령한다.

"자, 멈춰."

그런데 이상하게도 물레는 혼자 회전을 계속하며 멈추려 하지 않는다.

신체에서 의복으로

물레는 거침없이 끼익 끼익 힘을 주며 실 끝을 잡아당기려고 했다. 더 이상 잡아당겨 넣을 것이 아무것도 없다는 것을 안 물레는 실 끝을 빨아들이듯이 그녀의 손가락 끝으로 감겨들었다. 그러고는 '솜'처럼 피곤한 그녀의 몸을 손가락부터 차례로 풀어내어 물레 속으로 짜 넣어 버렸다. 그녀가 완전히 실이 되어 말려 들어가 버린 후 물레는 타로, 타로, 타로라는 가볍게 젖은 소리를 남기고서야 겨우 멈춰 선다.

어머니가 물레를 밟는 소리가 '타로, 타로'라는 소리로 변하던 마지막 순간, 방에서 자고 있던 그녀의 아들이 문득 눈을 떠서 이 마지막 순간을 보게 된다. 물때로 물든 검은 작업복 속에서 술술 빠져나간 발끝을. 그리고 그 발끝이 더 풀려서 물레로 빨려 들어가는 것을.

아들은 부당해고와 비인간적인 노동에 항의하는 전단지를 돌리고 해고되어 다시 전단지 제작을 위한 작업에 지친 몸을 신문지로 덮고 자던 중이었다.

생활의 궁핍함을 메우기 위한 노동에서 비롯되는 극도의 피로에 대한 감각은 단편소설 「홍수」에서 극도의 피로감 속에 밤길을 걷는 노동자에게서도 볼 수 있다. 패전기 구 만주국에서의 혼란과 인양선을 통한 일본으로의 귀환, 전후 일본에서의 생활고를 체험했던 아베는 이때 신체적 감각을 통해 경험한 공복감과 피로의 감각을 비현실적인 요소를 가미한 필치로 그리고 있다. 「홍수」의 노동자, 밤길을 걷는 그의 머릿속은 '텅 비어' 있었고 「시인의 생애」의 어머니의 주름투성이 주머니 같은 신체 속은 피로로 '가득 차' 있다. 피로로 가득 찬 채로 노동의 도구로 화한 신체는 한 벌의 옷처럼 가볍고 허무하게 변신해 버린다.

시인을 탄생시키는 어머니의 신체, 그리고 빨간 재킷

물레로 빨려 들어간 어머니의 신체는 실이 되어 팔려 나가 한 장의 재킷이 된다. 그리고 추위로 얼어붙은 세계에서 어머니의 피로 빨갛게 물들어 반짝이는 재킷은 투명인간이 입고 있는 것처럼 공중으로 떠올라 공장 문 옆에서 전단지를 안고 얼어붙어 있는 아들에게 날아가 그의 몸을 감싼다.

재킷을 입고 눈을 뜬 아들은 자신이 시인이었음을 깨닫는다. 그러고는 세상을 얼어붙게 한 눈송이가 가난한 이들의 잊고 있던 언어가 아닌가 생각한다.

"가난한 자들의 언어는 크고 복잡하고 아름답고 게다가 무기적

이고 간소하며 기하학처럼 합리적이다."

그는 '눈雪의 언어를 눈目으로' 들었다. 그러고는 옆구리에 안고 있던 전단지를 뒤집어서 여기에 눈의 언어를 써 가겠다고 결심한다.

어머니의 신체가 변형된 빨간 재킷은 시인으로서의 아들을 탄생시킨다. '눈의 결정 하나하나를 관찰하고 적고 기호화시켜 분석하며 통계를 내고 그래프를 그리는' 시인의 작업을 통해 세상은 녹아내리고, 그는 완성된 시집의 마지막 페이지 속으로 사라진다. 그는 단지 노래를 읊조리는 시인이 아니라 무기적 대상물을 분석해 내는 과학자와 같은 자세를 취하고 있다. 현대에 필요한 것은 단일성을 노래하고 강화시키는 샤먼이 아니라 해부도를 쥔 과학자로서의 시인이다. 그의 존재는 작업의 종료와 함께 사라지며 남는 것은 그가 집필한 시집이라는 물질이다. 어머니의 신체와 실타래, 아들의 신체와 책. 「시인의 생애」에서 표상된 두 쌍의 유기물에서 무기물로의 변형은 노동의 문제와 예술가의 창작이라는 문제를 동시에 시야에 넣고 어른들을 위한 동화와도 같은 아름다운 장면을 그려 낸다.

2. 신체적 경계의 해체와 변형의 표상으로서의 물: 물질적 경계의 유동성과 「수중도시」, 『제4간빙기』

신체의 변형은 과정적이다. 마법에 걸려 순간적으로 전혀 다른 존재물로 그 자리에 있는 것이 아니라 변형의 과정을 거치게 된다. 세상과 몸의 경계, 그 경계는 인간의 몸이라는 관점에서 볼 때 피부라고 볼 수도 있을 것이다. 아베 고보의 작품에서 보이는 피부로부터의 변화는 피부 자체가 녹아내려 액체로 변화하여 홍수를 일으키거나(「홍수」), 피부 표면이 뒤집혀 신체의 내·외가 반전하거나(「덴도로카카리야」), 피부가 탈피되어 새로운 존재로 거듭나기도 한다(「수중도시」). 직접적 변신을 보이지는 않지만 『타인의 얼굴』의 경우에는 사고로 인한 피부의 변형으로 인해 흉한 외모를 갖게 된 주인공이 가면을 제작하여 착용하고 의도적으로 타인으로서의 삶을 시도하기도 한다.

신체적 경계를 넘어선다는 것은 또한 생물로서의 개체가 개별적으로 이루는 변신의 예로 보이는 경우가 대부분이지만, 새로운 종이 출현하는 것도 경계의 변환이라고 할 수 있다. 한 종적 신체가 멸종하고 인공적인 과정을 통해 새로운 종이 탄생하는 것은 개체적 변신의 개별성을 뛰어넘는 큰 틀의 변신인 것이다.

바슐라르는 스윈번A. C. Swinburne의 「이별의 발라드」의 예를 들어 인간 자신이 물이나 바다에 속한다는 감각, 물이 부르는 소리와 수영의 역동적 미학에 주목했다(바슐라르, 「난폭한 물」, 『물과 꿈』). 바슐라르가 주목한 물의 성질과는 또 다른 측면에서 아베 고보의 문학에서는 물의 묘사가 중요한 위치를 차지한다.

이는 특히 신체변화의 문제와 링크되어 나타난다. 아베 고보의 경우에는 물이 변화의 전조 혹은 배경이 되거나, 인간의 신체가 물 혹은 바다 같은 변형체 그 자체로 변화한다. 액체인간으로 인해 일어나는 홍수가 그것이다.

늪 근처에 있던 여성이 하룻밤 사이에 얼굴이 일그러지는 변화를 겪거나(「까마귀 늪」鴉沼, 1948), 모래언덕의 외딴집에 갇혀 있던 남성이 물을 발견하면서 탈출을 시도하려던 상황이 극적으로 역전된다(「모래의 여자」). 또한 앞서 소개된 홍수라는 소재가 등장하는 여러 텍스트에서 물의 범람은 인간의 신체적 경계선을 넘나들거나 세계 전체를 전복시키기까지 하는 장치로 등장한다.

앞의 'SF, 시각적 부메랑'(70쪽)에서 언급되었고 다음에서도 자세히 살펴보게 될 홍수를 일으키는 물은 물질적 고유성 및 경계를 넘어서는 모습으로 그려진다. 앞서 살펴본 바와 같이 「S·카르마 씨의 범죄」에서 사물을 흡수하는 '범죄'를 저지르는 주인공 카르마 씨의 신체를 조사하기 위해 낙타를 타고 그의 눈을 통해 체내로 들어간 조사단도 카르마 씨의 눈물의 범람에 의한 홍수에 휘말린다. 그리고 심지어 그 홍수 속에서 노아의 방주를 탄 노아가 목격되는 에피소드가 삽입되어 있기도 하다.

물, 그리고 홍수라는 모티브에 아베 고보가 천착해 온 것은 홍수가, 생명의 근원으로서의 생성력을 띠면서도 생명체를 죽음에 이르게 하는, 물의 폭력적 힘을 극대화시킨 형상이기 때문이다. 「홍수」는 노아의 방주라는 소재를 인간 신체의 액화라는 사건을 중심으로 서술하고 있다고도 읽을 수 있는데 이후에도 노아의 방주라는 소재가 여러 번 등장하는 것(「노아의 방주」, 『방주 사쿠라마루』 등)은 인류의 시원을 자처하는 교조적 인물 노아가 상징하는 '정통성'에 대한 비판이기도 하다.

1) 물질적 경계의 유동성

물의 상전이와 인간 신체의 변형

신체변형과 연관된 핵심요소로서의 물과 그로 인한 홍수라는 사태가 가지는 성격과 그 의미를 확인하기에 앞서 물 자체가 갖는 성질과 구조를 확인해 보도록 하자. 상식적인 이야기이지만 물이라는 물질의 상은 액체, 기체, 고체의 세 가지로 구분할 수 있다. 물질의 입자 레벨에서 생각해 보면, 액체는 물질 내의 원자 혹은 분자가 결합하는 힘이 열 진동보다 약해진 상태이다. 물질들은 제각기 정해진 온도에서 고체에서 액체로의 구조상전이가 일어나는데 이때 고체에서 액체로 전이하게 되는 온도를 우리는 융점(녹는점)이라고 한다. 또 일정한 압력을 유지한 채로 온도를 올리면 어느 일정 온도에서 액체 내부로부터 기체가 발생한다. 이때의 온도가 바로 비등점(끓는점)이다. 이와 반대로 온도가 내려가면 기체는 액화하고, 온도의 저하가 더 계속되면 그 액체가 응고하여 고체가 된다. 융점이나 비등점은 압력 등의 외적 조건의 영향에 의해 변화하게 되는데 물질은 이 지점을 통과함으로써 상이라는 물질적 정체성의 경계를 넘나들게 된다.

　당연하게 보이는 이 상전이 현상이 인간의 신체와 결합하면 기이한 변신의 과정으로 비추어지게 된다. 다음의 인용문에는 물이 전술한 구조상전이를 보이며 그 지배력을 증폭시켜 가는 양상이 그려져 있다.

액체인간들은 산을 기어올라 가 강으로 섞여 들어가기도 하고, 바다를 건너 수증기로 증발해서 구름이 되고, 또 다시 비가 되어 내리기도 했기 때문에 그들이 세계 곳곳으로 흩어져 언제 어디서 어떤 일이 일어날지 한시도 방심할 수 없었다. (『安部公房全集 002』, 496쪽)

홍수는 날마다 불어나 여러 거리와 마을들이 수몰되었고, 많은 평야와 언덕이 액체인간으로 뒤덮였다. 공포심에 휩싸인 지위가 높거나 재산이 많은 이들은 고원으로, 산악지방으로 서로 앞을 다투어 피난을 가기 시작했다. 벽마저도 기어오르는 액체인간들에게 그런 대응은 부질없는 일이라는 것을 알면서도 다른 방법을 쓸 수조차 없었던 것이다. (같은 책, 497쪽)

여기서 액체인간의 이동에 중요한 역할을 하는 것이 물질적 변환, 즉 구조상전이다. 고체와 액체와 혼합된 인간의 신체가 녹아내려 액화되는 과정에서는 구조상전이가 일어난다.

물론 이와 함께 인간 신체의 물질 구성성분도 순수한 물의 구성성분으로 질적인 변이를 보이지만 그것은 텍스트에서는 주목받고 있는 부분이 아니다. 문제는 고체와 액체의 복합물로 이루어진 가난한 노동자의 신체가 액체로 변화하는 사건 자체에서 보이는 구조상전이와 그의 신체가 액화한 이후에 또다시 다양한 상전이를 보이며 갖게 되는 운동성과 폭력적 힘이다.

「홍수」에서 물의 범람을 일으킨 이 액체의 성분은 분석 결과 물과 동일한 것으로 확인되는데, 일반적인 물처럼 동결되기도 하고 증발하기도 한다. 그러나 그 빙점이나 비등점은 제각각으로, 두꺼운 얼음 위를 달리던 썰매가 갑자기 녹아 버린 얼음 위에서 말과 함께 물속으로 빠져 버리기도 하고, 스케이트 경주에서 선두를 달리던 선수가 갑자기 사라져 버리기도 한다. 여기서 물질적 경계의 해체와 변화에 관한 규칙에 근거한 예상은 힘을 잃고, 불시에 찾아오는 경계의 와해는 무질서를 증폭시킨다.

물의 응고점은 통상적으로는 0℃이지만 아주 조심스럽게 냉각시킬 때 영하 10℃ 정도까지도 액체 상태로 있을 수 있다. 이를 과냉각이라 한다. 이 과냉각 상태에 충격이 가해지면 순식간에 모두 얼음으로 변할 수 있다. 또 물의 비등점은 100℃이지만 서서히 가열하면 온도가 100℃를 초과하게 되더라도 끓어오르지 않는 경우가 있다. 이 상태의 물을 더 가열하여 자극을 가하면 갑자기 폭발적으로 끓어오르며 수증기가 되고 그 기화열에 의해 다시 100℃의 지점으로 돌아오게 된다. 상전이가 일어날 온도를 넘었는데도 앞의 상에 머물고 있는 이러한 상태를 준안전 상태라고 한다. 이렇듯 물은, 경우에 따라 정해진 온도에서 변화를 보이지 않기도 하고, 미세한 자극만으로도 극적인 상전이를 보이기도 한다.

「홍수」에서 액화한 신체가 격한 운동성을 띠기 시작한 것처럼 물은 액체 상태에서 원자, 분자가 가장 자유롭고 랜덤하게 움직인다. 텍스트에서 단순히 무질서하게 그려진 듯이 보이는 상전이의 현상은 비과학적인 상상력의 나열로서만이 아니라, 물이 갖는 성질에 근거하면서 작은 충격에 의해 급격한 상전이가 일어날 수 있는 변환의 스위치와 같은 순간이 존재한다는 과학적 사실과 연결되어 있다. 액화와 냉각, 기화 등 다양한 상의 경계를 넘나드는 변환의 과정에는 질서와 무질서가 혼재되어 있고, 파괴적 면모가 잠재되어 있다는 위협적이면서도 극히 현실적인 형상을 「홍수」라는 텍스트는 그려 낸다.

액체화된 신체와 전후 일본 사회의 재생 가능성

인간들의 액체화로 형성된 홍수의 물결을 헤치고 살아남으려던 이들은 노아의 방주를 발견하고 매달리지만 노아는 이들을 뿌리친다. 액체화되어 가는 전후 일본 사회의 재생 가능성은 "이건 노아의 방주다. 착각해서는 안 돼. 자, 어서 나가게!"라고 외치는 노아에게 있는 것이 아니라 '노아의 말도 이제는 들을 수 없는' 과거에는 인간의 신체를 구성하고 있던 액체라는 물질 그 자체에 있다. 패전과 점령 하에서 정체성이 와해된 일본인들처럼 액체로 환원된 인간 신체는 새로운 물질로 다시 모습을 갖추어야 하는 단계에 도달해 있다.

홍수라는 신적 폭력이 세계의 질서를 무화시킨 후에 '노동자의 심장이 있던 곳을 중심으로 물질의 결정이 빛나기 시작'하는 결말부는 포화 상태의 액체에서 새로운 물질이 나타난다는 혼돈 속의 재생 가능성을 나타내고 있다고 할 수 있다. 또한 액화하여 균일한 액체가 된다는 것은 개별성을 잃어버리는 것일 수도 있으나, 그 결정이 태어나는 장소가 노동자의 심장 부근이라는 점에 착목할 때, 계급성은 획일화 속에서도 중요한 의미를 띠며 유지되고 있다고 할 수 있다.

전복의 힘, 신체변형과 체액

단편소설 「S·카르마 씨의 범죄」에서의 홍수의 원인은 카르마 씨의 눈물에 기인한 것으로 물의 파괴력이 인간에게서 유래하는 것으로 설정되어 있었다. 카르마 씨의 체내에서 성장하는 벽을 조사하기 위해 유르반 교수, 즉 카르마 씨의 아버지가 낙타를 타고 카르마 씨의 눈을 통해 그의 체내로 들어가 눈물샘의 범람으로 홍수에 휘말리게 되는 장면을 우리는 앞서 살펴보았다.

방주는 격동하는 파도와 검게 소용돌이치는 물결 속으로 빨려 들어 사라지고 낙타도 그 속으로 사라지며, 이런 혼돈의 틈새에서 유르반 교수는 필사적으로 헤엄친다. 이 텍스트에도 단편소설 「홍수」처럼 '파괴력을 지닌 물'의 폭력성은 인간의 신체와 깊은 연관 하에 그려져 있다.

이 홍수는 마이크로 레벨로 작아진 유르반 교수의 관점에서 바라본 것으로 카르마 씨의 눈물, 콧물 등 체액에 의한 것이다. 인간의 신체는 대부분이 액체로 이루어져 있으며 신체의 생성과 변화, 그리고 재생은 이 액체들의 움직임을 통해 이루어진다. 신체조직의 근원을 형성하는 액체가 일으키는 홍수 이야기, 이것이 「S·카르마 씨의 범죄」의 홍수 에피소드이다. 카르마 씨의 몸을 점령한 유르반 교수와 검은 박사 일행은 그 홍수에서 탈출하는 데 성공하며 홍수라는 사건은 카르마 씨의 신체가 갖는 위협적인 요소를 강화하는 에피소드의 레벨로 삽입되어 있는 데 비해, 「홍수」에서의 물은 세계를 삼키는 거대한 자연의 폭력으로 묘사되고 세계를 종말로 이끄는 파괴력으로 그려지며 그것이 스토리의 중심을 차지하고 있다.

두 홍수의 결말은 다르지만 인간의 신체에서 유래한 물이 거대한 힘을 갖고 세계를 전복시킬 만큼의 폭력적인 잠재력을 갖고 있다는 점이 강조되고 있는 점은 유사하다. 물의 위협에서 탈출하기 위한 방주도 물의 압도적인 힘 앞에서는 무력하게 물결 속으로 사라져 버린다. 물의 구조상전이와 그 운동의 성질에 착목한 홍수의 표상은 인간 신체의 물질적 변화 및 그 잠재력과 연결되어 주변의 존재와 세계를 삼킨다. 이것이 '홍수'를 통해 드리워지는 폭력, 그리고 물질의 역동적인 순환과 재생의 모습이다.

2) 인간 신체의 탈피와 어류화: 역진화의 방향성과 편집적 정신분열증의 구도, 「수중도시」

아베 고보의 단편소설 「수중도시」에는 인간이 곤충처럼 탈피하고 그의 신체가 기이한 물고기로 변화하는 장면이 등장한다. 「수중도시」의 화자이자 주인공인 '나'는 자신을 그다지 신용하지 않는 인간이며, 소주를 마시는 인간이란 원칙적으로 신용해서는 안 된다고 생각하고 있는 인물이다. 소주를 과음하게 되면 인간은 반드시 어류로 변화하며 아버지도 내가 보는 앞에서 물고기가 되었다는 기이한 이야기를 늘어놓는 '나'와 아버지는, 전술한 표현을 소설 텍스트 속에서 정신병원이라는 단어가 등장하는 것에 연결시켜 볼 때, 음주 혹은 복합적 요인으로 인한 일종의 정신착란 상태에 놓여 있을 가능성이 높다.

그림 11 「홍수의 거리」(洪水の街), 1950. 12. 세이키노카이가 「세기화집」을 집단 제작하던 당시, 가쓰라가와 히로시가 이 작품을 제작하는 과정을 아베 고보가 지켜보았다. 이 「홍수의 거리」가 단편소설 「수중도시」에 등장하는 특이한 화가, 물에 잠긴 공장 등의 모티브를 제공했을 것으로 보인다(桂川寛, 『廃墟の前衛 回想の戦後美術』, 81쪽).

정신병원이 인간을 물고기로 변화시키는 주사를 놓는 곳이라 생각하는 '나'는, 불변하는 절대적 정체성이라는 것은 믿지 않는 인물이다. 그는 자신이 '물고기가 되어서까지 나인 채로 있을 것'이라고는 생각하지 않는다.

　여기에서의 '물고기화'는 인간의 정신적 동요나 사회적 일탈을 외

부적인 힘에 의해 강제적으로 교정당하는 제도를 떠올리게 한다. 사회적 질서의 틀을 벗어나는 존재들을 정신병원이나 감옥 등에 수용하는 근대의 교정제도에 대해 아베는 푸코의 『감시와 처벌』(1975)이 나오기 훨씬 이전인 1940년대 후반부터 의식적이었다. 「이단자의 고발」異端者の告発(1948) 등의 소설 텍스트에도 이러한 정신병과 병원 수용에 관련된 모티브가 사용되고 있다.*

주인공은 물에 잠긴 풍경을 바라보는 것을 무척 좋아하는데 그 수몰의 풍경, 그곳에는 찢겨져 나간 불쌍한 소시민인 '나'의 모습이 투영되어 있다고 느낀다. 그가 이 경치를 좋아하는 것은 '병은 건강의 거울'이며 '분열의 구조를 내부로부터 철저히 응시하는 것에서 시작하고 싶다'는 갈망이 설명하고 있다. 그의 분열 상태는 편집적 정신분열증Paranoid Schizophrenia에 가까워 보이는데 일종의 강박 또한 수반한다. 자아가 퇴행하면서 편집증적 방어를 구축하는 것이다.

편집증에서는 소망의 부인과 부인된 소망의 의식으로의 투사가 방어기제로 사용된다. 슈레버의 사례(이 책의 165쪽 참조)처럼 갈등을 일으키는 무의식적 소망('나는 그를 사랑한다')이 부인되어 이 부인된 소망이 투사를 통해 의식으로 되돌아오는 것이다('그는 나를 미워한다'). 프로이트는 이러한 환자들은 특징적으로 힘과 권력 같은 자기애적 주제에 관심을 보이고 수치심을 견디지 못하기 때문에 권위적 대

---

* 박이진, 「인양자와 '전후 일본': 아베 고보의 인양 체험을 통해 본 '전후'」(한국일본학회 제85회 학술대회)는 「이단자의 고백」을 정신병원의 문제와 관련하여 언급한 바 있다.

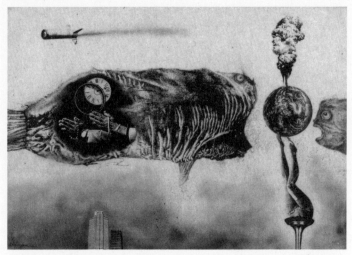

그림 12 가쓰라가와 히로시, 『말도로르의 노래』(マルドロオルの海, 1990~1992) 시리즈 중.

상과 갈등을 일으키기 쉽다고 보았다.

　「수중도시」의 주인공이 아버지에게 느끼는 불쾌감과 아버지의 신체가 혐오스럽고 위협적인 어류로 변화하는 과정의 묘사는 이런 정신적 불안정 상태가 그려 내는 망상의 형태를 취하고 있다.

불연속의 세계와 이름의 물화

현재 자신의 상태와 그를 둘러싼 환경을 병리학적인 문제로 설정해 놓은 주인공이 일상 속에서 느끼는 편집적 분열증에 가까운 감각은 우연히 떠오른 '불연속의 상수 h'에 대한 강박관념으로 표출된다.

　수학에서 함수 f(x)가 정의역 내의 점 x = a에서 f(x)의 무한치가 존재하지 않거나 혹은 존재하더라도 f(a)와 일치하지 않을 때 f(x)는 x

=a에서 불연속이라고 한다. 플랑크Max Planck가 흑체 복사를 연구하는 과정에서 발견한 진동자가 가지는 에너지의 불연속성은 hv로 표기되고 진동자의 진동수는 v, 플랑크 상수는 h로 표현된다. 이 플랑크 상수 h는 물질 입자의 입자성과 파동성을 보증하는 상수로서, 불연속성과 불확정성을 보이는 양자역학적 미시세계의 본질에 관계하는 중요한 상수이며(지구과학회, 『지구과학사전』, 2009 참조), 1905년 아인슈타인이 제창한 광전효과에도 도입되어 그 후 양자역학 발전의 기초를 다졌다. 「수중도시」에서는 전후 일본의 파편화된 현실을 상수 h라는 표현을 도입하여 비유적으로 나타내고 있다.

이 불연속의 문제가 처음 등장하는 것은 같은 제약회사에서 포스터를 그리는 친구와 나누는 노동과 자본의 관계에 대한 대화에서이다. 돈どん이라는 선술집의 스탠드에서 주인공의 친구인 화가는 회사에서 자신의 일이란 도대체 무엇일까 하는 질문을 던진다. 그는 합리성이라는 것은 일에 존재하는 것이 아니라 자본의 시스템에 존재한다며 노동 현실을 비판하고 있다.

자본이 생물로서 완성되기 위해 분열된 현실은 '무기질의 파편처럼' 산산조각 나 버리고, 노동자인 그들은 '현실을 연속적인 것으로 생각하는 것은 잘못된 것'이라고 생각하게 된다. 이 파편화와 불연속성이야말로 현실 세계와 이를 구성하는 언어를 유리시키는 원인이다. 그리고 그의 정신적 분열 상태의 이미지도 이와 연결되어 있다.

파편화된 현실 속에서 자신은 지금 어떤 상태인가를 묻고서 그 대답으로 튀어나온 '지겹다'는 말은 그것을 입 밖으로 꺼내려는 순간

돌멩이처럼 딱딱한 물질이 되어 목구멍을 막을 뿐이다. 말은 물질이 되고, 물질인 신체는 또 다른 물질로 변화해 간다.

아베 고보는 「S·카르마 씨의 범죄」에서 현실 속의 인물과 뒤바뀔 정도로 특권적으로 작용하는 '이름'이 지니는 언어 기능에 주목하여 일종의 분신으로 형상화시킨 '이름', 즉 자신과 동일한 외모의 인물로 변신한 자신의 명함을 등장시킨 바 있다. 「수중도시」에서 화가가 '지겹다'는 말을 '손바닥 위에 뱉어 내어 굴려 보기도 하고 쥐어 보기도 하고 빛에 비춰 보기도 하는' 행위 또한 언어와 현실의 관계에 대한 주목이다.

아버지의 변신의 목격자로서의 아들

마기와의 대화에서 상수 h를 의식하기 시작한 '나'는 귀갓길에 마주친 한 남자에게 불쾌감을 느끼고 '불연속 h 같은 자식'이라고 마음속에서 욕을 퍼붓는다. 대수롭지 않게, 어쩌면 경박하게 보일 정도로 무심코 내뱉은 이 단어는 현실의 가장 중요한 부분에 연결되어 있다.

공산당 신문의 판매에 항의하며 소동을 피우면서 신문팔이의 가슴을 밀치기까지 하던 혐오스러운 이 남자는 자신이 '나'의 아버지라고 주장하며 '나'의 아파트 문을 노크하기에 이른다. 주인공을 불쾌하게 하는 '불연속 h 같은 자식', 즉 자칭 아버지라는 남자와 그의 신체의 변형은 이 텍스트에서 도시라는 무대가 수중으로 전환하게 되는 계기로 작동하게 된다. 신문팔이에게 폭력을 행사하는 남자를 목격한 주인공은 문득 자신이 사라진 듯한 감각에 휩싸여 눈을 감고 코

끝을 만져 본다. 아직 아버지라고 밝혀지지 않은 이 인물의 등장과 자신의 존재의 근원인 그를 부정하고 싶은 감각이 이 부분의 행동에 선취되어 있다.

남자는 주인공의 아파트 문 앞에서 그를 다로タロ—라고 부른다. 텍스트가 집필된 시기에 사용된 일본인의 이름 중 가장 대표적인 장남 혹은 아들 이름이다. 그런데 이 시기에 일반적으로는 한자로 '太郎'라고 표기했을 일본어 이름이 이 텍스트에서는 'タロ—'라는 가타카나 표기로 되어 있다. 가타카나 표기는 보통 외래어 표기 혹은 강조의 의미를 포함할 때 사용되는 것으로 인식을 환기시키는 역할을 한다. 아버지가 '다로'라는 이름으로 자신을 부르는 장면에 대한 위화감과 이 불쾌한 인간의 피를 잇는 아들이라는 사실이 '다로'라는 언표를 통해 대상화되어 각인되는 순간이다. 자신은 곧 죽을 거라고 말을 꺼낸 자칭 아버지라는 남자는 "남자도 인생에 한 번은 임신을 한다지. 뭐가 태어날지는 모르지만 말야. 하지만 그건 분명 죽음일 것"이라고 말한다.

그날 밤 자칭 아버지의 신체는 물이 차오르듯이 심하게 부풀어 오르기 시작했다. 그러고는 쫙 하고 천이 찢어지는 듯한 소리를 내며 남자의 신체는, 아니 그의 옷은 찢어지기 시작한다. 넝마주이의 바구니에서 기어 나온 듀공dugon처럼 보이던 남자의 신체도 결국 바람을 불어넣은 베개를 짓밟아 공기가 빠져나오는 듯한 소리를 내면서 파열된다. 듀공은 일 년에 한 마리의 새끼를 낳는 몸길이 3미터 정도의 바다 포유류로 피부는 두껍고 주름이 많은 외형을 하고 있다.

녀석은 거의 어뢰 같은 형태가 되어 찢어진 상처는 길고 날카롭게 목부터 허리 부분까지 이어져 있다. 녀석은 웽 하고 늙은 고양이 같은 소리를 냈다. 그러자 상처에서 끈적끈적하고 투명한 액체가 흘러넘치고 껍질이 홀딱 벗겨지면서 안에서 회백색 몸이 나타났다. (『安部公房全集 003』, 215~216쪽)

이것은 탈피의 과정이다. 낡은 껍질이 찢어지고 새로운 껍질을 쓴 새로운 동물이 태어나는 순간이다. 그 피부는 미세한 비늘로 뒤덮여 있었다.

파열은 천천히 전후로 진행되어 갔다. 최후에는 낡은 껍질이 배 쪽으로 확 수축되고 나자 (모모타로 양갱이라는 고무풍선에 담긴 양갱을 아시나요? 이쑤시개로 찌르면 껍질이 획 벗겨지는 식입니다) 녀석의 축축이 젖은 피부를 한 알맹이가 드러났다.
그것은 물고기였다. (같은 책, 216쪽)

남자가 변신한 형상은 넓적하고 입이 큰 물고기였다. 이런 물고기를 여태까지 본 적이 없으며 생선가게에 진열되어 있는 훨씬 작거나 잘려 있는 생선만 보아 온 주인공은 비교할 만한 대상을 떠올리지 못하지만 어쨌든 이 물고기는 그에게 무서운 동물이다.

물고기는 처음에는 죽은 것 같아 보였다. 하지만 조용히 눈알이 회전하기 시작하면서 살아 있다는 것을 알 수 있었다. 눈알은 위로 돌출된 뼈에 가려진 무시무시한 반원형이었다. 처음에는 어딘가 지그재그로 둘러보았는데 문득 나를 노려보고 그대로 시선을 내 위에 고정하고는 딱 멈춰 버렸다. 그러고는 "즈-" 하는 소리를 내며 아가미를 움직였다. 입을 쩍 벌리자 몇 줄이나 되는 날카로운 이빨이 유백색으로 빛났다. (『安部公房全集 003』, 216쪽)

'죽음'을 낳는 환태를 거쳐 남자가 변신한 물고기는 그 시선도, 날카로운 이빨을 드러낸 모습도 매우 공격적으로 느껴진다. 아버지라는 그의 주장이 사실이라면 주인공의 생명의 출발점이었을 남자의 신체는 주인공의 생명을 위협하는 공격적 괴물의 신체성을 지니게 된다.

이 물고기는 고무풍선처럼 바닥에서 떠올라서는 마치 물속에 있는 것처럼 헤엄치기 시작한다. 위협적으로 아크로바틱한 유영을 시작한 물고기는 이 자리를 빠져나가려는 주인공의 옷깃을 물어 채 다시 끌어다 놓고 물고기와 '나'는 마주 앉아 서로를 노려본다. 이 순간 갑자기 자신의 신체가 어딘가 아득히 먼 곳에 있는 것 같은 기분이 들고 참을 수 없이 무서워진 '나'는 생명을 받은 자에게 다시 죽음을 부여받을 공포감에 휩싸여 있는 것이다. 이러한 공포감은 유령이나 괴물이 나와는 무관한 맥락에서 출현할 때의 공포와는 또 다른 것이다. 나의 존재의 근원에 연결되어 있는 주체와 내가 생명체인 이상 관계성을 소멸시킬 수 없다. 그러한 숙명적인 연결관계에 있는 부성에 대한 강한 반감은 나의 존재적 근원을 부정하는 죽음에 연결된 공포감을 불러일으키는 것이다.

혐오스러운 근원. 삭제하고 싶은 근원과의 연결은 그를 분열증적 상태에 빠뜨리고 수중도시는 그의 주위에 본격적으로 펼쳐진다. 다음 단락에서는 이 수중도시에 대해 살펴보도록 하자.

변화하는 신체가 매몰된 수중도시의 풍경

위와 같이 아버지는 탈피의 과정을 거쳐 물고기로 변신한다. 그리고 이 변신 사건을 계기로 '나'의 주위는 제방에서 본 우리 공장의 풍경이라며 화가가 그렸던 다음 인용문에 묘사된 세 장의 수중도시 그림처럼 변해 간다.

그러나 그것은…… 물에 잠긴 폐허처럼 보였다. 벽은 군데군데 허물어져 있고 벽면이 갈라져 생긴 금이 해초처럼 건물 전체를 뒤덮고 있다. 그 갈라진 틈새로는 수천 마리의 작은 다리가 있는 물고기가 들락거리고 있다. 지면에는 강철로 된 거대한 양치류가 무성하게 자라나 있고, 10미터는 족히 될 듯한 고사리 사이로 노면 전차만 한 크기의 기묘한 모양의 물고기가 조용히 헤엄치고 있다. 그 물고기의 눈에서는 물에 불어 물컹해 보이는 검은 백합이 피어나고, 하늘에는 녹으려 하는 젤라틴 같은 구름이 흐릿하게 빛나고 있었고 거기에서는 끈끈해 보이면서 반짝이는 방울이 떨어지고 있는데, 주의를 기울여서 보니 구름이 h라는 글자로 보였다.

다음 그림은 역시 마찬가지로 물에 잠긴 공장. 이번에는 물이 격렬하게 움직이고, 그 물은 전부 지면에서 하늘을 향해 끓어오르는 것처럼 보였다. 벽은 이제 완전히 수리가 끝나 모든 창문에 제대로 유리가 끼워져 있다. 열린 창문이 구석에 단 한 개 있는데 거기서 목이 없는 남자가 몸을 반쯤 밖으로 내밀고 있다. 그는 어딘가로 신호를 보내고 있는 것인지도 모른다. (……) 그 사이를 온몸의 반 정도가 뿔로 덮인 새까만 까마귀가 낮게 날아다니는데, 크게 뜬 눈은 어딘가 무척 불안해 보인다. 전체적으로 어딘가가 접혀 있는 듯한 느낌이 드는 것은 아마도 물 자체가 형성한 주름의 굴곡 탓일 것이다. 군데군데 그 물의 주름은 h라는 형태를 만들었다.

세 장째는 아직 미완성인 것 같았다. (……) 공장은 얼음을 쌓아 올려 만든 듯하다. 방 하나하나가 각각 하나의 얼음 덩어리인데, 안쪽 깊은 곳까지도 투명하게 들여다보인다. 각 얼음 덩어리 사이를 철제 사다리나 가스관, 그리고 여러 가지 기계들이 뼈와 혈관처럼 지나가고 있고, 각 얼음방의 중심에는 몇 쌍의 남녀가 몸을 서로 포갠 채 얼어붙어 있다. 건물의 뒤편에는 화물차가 올라탄 선로가 희미하게 보이고, 그 옆에 서 있는 거대한 크레인이 이쪽을 가만히 응시하고 있다. h라는 글자는 아직 나타나지 않았다. 어떤 일이 일어나려 하고 있는지 아직 나는 알 수 없었다. (『安部公房全集 003』, 212~213쪽)

첫 번째 그림에서는 폐허가 된 수중도시에 솟아난 거대한 원시 식물들 사이를 유영하는 기괴한 심해어들을 통해 문명이 막을 내리고 다시 태초의 생명들이 시작되는, 한 질서의 사멸과 새로운 태동 혹은 생과 사 사이의 혼돈이 재현되고 있다. 두 번째 그림에서는 수중도시의 물이 끓어오르고 흰 깃발을 든 목이 없는 남자가 창밖으로 몸을 내밀고 있다. 불길한 예감이 감도는 격동하는 수중 세계를 그린 이 두 번째 그림에서 저공비행하고 있는 까마귀의 눈동자는 '무척 불안해 보인다.'

주인공은 이 두 그림 모두에서 h라는 글자를 읽어 내고 있다. 함수 f(x)가 x =a에서 f(a)와 일치하지 않는 불연속적인 현실이 h라는 글자를 통해 제시되고 있다. 불연속한 도시를 그린 두 장의 그림은 정식화한 답을 구할 수 없는 전후 일본의 현실, 구시대의 죽음과 새로운 태동이 폐허 속에 뒤엉켜 있으나, 화석같은 구태가 온존되어 있는 사회상을 그린 것이라고도 할 수 있을 것이다.

세 번째 그림은 텍스트 내 세계의 현재로 향해 열리는 문의 역할을 하는데, 등장인물들은 '오랫동안 점차 변해 가는 공장의 풍경을 묵묵히 응시하는 사이에 그 풍경의 변화와 함께 우리 자신도 변화해 가는 듯한' 기분을 느끼게 된다. 'h라는 글자는 아직 나타나지 않았으며', '어떤 일이 일어나려 하고 있는지 아직은 알 수 없는' 현실 세계와 연결선상에 있는 지대이다.

위 그림들과 아버지의 등장으로 시작된 얼어 버린 수중도시의 세계에는 폭력이 난무한다. 난폭한 물고기에 물려 목이 잘려 나간 사람들이 거리에 넘쳐 나는 이 도시의 혼란 원인은 물의 범람에 있다. 주거 공간의 배경으로 존재하며 안정되어 있던 상태를 벗어나 끓어오르거나 얼어붙는 물, 경계를 넘어 이동해 버리는 물이 도시에 어류를 증식시키고 수중도시는 폭력의 현장이 된 것이다. 경찰이나 국가권력은 무력하다.

물이 불어난 도시에서 마주친 목에 염주를 건 남성은 "이 물은 외국으로부터 유입된 것舶来"으로, "재즈 가루로 양념이 되어 있어 물고기들이 잘 자란다"라는 말을 건넨다. 이와 더불어 '독립과 평화'를 외치는 공산당 신문 판매원이나 몸에 뿌리는 DDT 등의 소재에서, 또 집필 시점을 고려할 때 텍스트 내부의 시간적 배경을 일본의 전후 GHQ 통치기 무렵으로 추정할 수 있다. GHQ는 General Headquarters의 약자로 아시아태평양전쟁 종결로 포츠담 선언 집행을 위해 일본을 관리하기 위한 기관이었는데 대부분이 미국인으로 구성되어 있었다. DDT는 패전 직후 일본 위생 상태의 교정을 위해 미군에 의해 입수되어 살충 등의 용도로 쓰였으며 1976년에 농약 등록이 실효되었다.

또한 주인공의 아파트 옆방에 살고 있는 여성 K코가 자신은 일본산이 아니라 미제 크림을 사용한다고 거만하게 말하는 모습에서도 이러한 시대적 분위기를 읽을 수 있다. 패전 후 일본에서는 '재즈'로 상징되는 미국 문화가 강한 영향력을 가졌다. 전쟁 중에 탄압을 받던 노동조합, 공산당 등의 조직들은 GHQ에 의한 일본의 비군사화와 관련한 구제 타파 및 민주화 정책의 시행으로 이제 억압에서 벗어날 수 있을 것이라는 희망적인 관측을 내놓았다. 그러나 이러한 흐름에 역행하는 소위 '역코스'로 GHQ의 정책이 변환되고 노동운동 및 공산주의자들에 대한 탄압이 시작된다. 한국전쟁이 발발한 1950년에는 공직 추방의 대상이 좌익 인사들의 추방으로 전환되며, 1951년에는 애국자 단체 혼친회懇親会가 개최되고, 공직자 추방 일차 해제로 복귀한 인사들을 중심으로 한 대일본애국당이 결성되는 등 우익단체 부활의 움직임이 가시화되기에 이른다. 또 이 무렵은 A급 전범들의 감형이나 석방이 연이어 발표되는 등 전쟁 지도자층의 사회 복귀가 이루어진 시기이기도 했다.

구제도권의 권력과 교차하는 격동기에 출현하는 이형의 신체

「수중도시」의 발표는 GHQ 통치가 종료된 1952년 4월 28일 이후인 동년 6월로, 일본의 패전으로 기존의 제도와 권력이 무너진 후 GHQ라는 새로운 질서가 등장하고, 그것이 다시 구제도권의 권력과 교차하는 격동기를 배경으로 하고 있다.

아베 고보는 구 만주국이라는 괴뢰국가의 허상과 그 와해 과정을 직접 목격했고 인양자引揚者로 일본에 돌아와 빈곤 속에서 예술과 사회의 변혁을 위한 아방가르드 예술운동 및 사회주의운동에 참여했다. 인양자는 제국주의 식민통치 시기에 한반도, 대만, 남태평양, 구 만주국 등지에 이주했던 다수의 이주자 중 아시아태평양전쟁에서 일본의 패전 후 일본 본토로 돌아오게 된 이들을 지칭한다. 건조 지대인 구 만주국의 생활 체험 속에서 더욱 부각되었을 것으로 보이는 습기에 대한 예민한 감각, 그리고 만주와 일본을 오가던 배에서의 경험, 죽음과 삶을 대립적인 것이 아니라 경계선상에 혼재되어 있는 것이라는 인식이 아베의 물에 관한 관심에 깊이 관련되어 있는 것으로 보인다.

그가 그리는 수중도시는 국가나 사회의 경계가 유동하는 불연속성의 공간이다. 수식으로 정해진 답을 구할 수 없고 폭력은 가까운 곳에서 분출한다. 제국주의 일본의 순사로 식민지에서 ㄱ재직하며 국가적 폭력의 일익을 담당했을 자신의 아버지는 패전 후에 일본으로 돌아와서도 약자들을 상대로 난폭한 행동을 보이며, 물고기로 변형된 상태에서도 그의 잔혹한 행위는 더욱 증폭되어 살인에까지 이르게 된다.

수난을 당하는 인물은 공산당 신문의 판매원이고 이를 욕하며 훼방을 하는 남자가 아버지다. 구 만주국의 순사로 설정되어 전중의 일본 제국주의 국가권력과 관련되어 있으나 그 중심이 아닌 제국주의 운영에 동원된 중하층을 은유한다. 몸이 부풀어 올라 가죽이 파열되며 괴물 같은 형상의 물고기로 변하는 아버지는 미제 염주를 걸고 그것이 우리를 지켜 줄 거라던 염주 장수의 목을 날카로운 이빨로 물어 살해한다.

타인을 인식하는 데 먼저 시선을 두게 되는 신체부위이며, 스스로의 정체성을 인식하는 작용을 담당하는 머리가 잘려 나간 존재들은 서로를 식별하기 어려워진다. 물의 범람은 자기인식 및 타자의 식별을 불가능하게 하여 정체성의 와해를 가져오는 혼돈을 표상하는 배경이며, 제국주의 일본이 패전으로 막을 내린 후에도 사라지지 않는 제국주의적 폭력의 변형된 형태들이 난무하는 불연속성의 경연장을 그려 내는 장치라고 할 수 있다. 미국이 '포교'한 '민주주의'와 '자유'는 구시대적 유산에 연결된 폭력으로부터 안전할 수 없다.

수중 공간과 전후 일본적 상상력

일본의 전후라는 구체적인 지정학적 위치에서 본 아베 고보의 수중
세계를 분석하여 그 안에 묘사된 구체적인 물질상전이의 문제가 패
전 후 혼돈 속의 일본 사회에서 목격하게 되는 사회적 경계의 소멸과
재구성을 둘러싼 함의를 제시하고 있다는 점을 조명했다.

온도 등 환경의 변화에 의한 물의 구조상전이가 「홍수」에서는 다
이나믹한 물의 운동으로 직접적으로 나타나 있으며 그 물이 인간 신
체가 변화된 또 다른 형상이다. 「수중도시」에서 물이 연출하는 스테
이지는 세 장의 그림을 통해 단계적이며 간접적으로 나타나 있으며
변형된 신체는 그 물속에서 유영하고 있다.

이렇듯 아베의 소설 텍스트에서는 인간이 초래한 환경의 변화가
인간 자신의 신체변화를 초래한다는 설정이 다양한 양상으로 표현되
고 있다. 이는 단지 기이한 상상력이 아니라 아시아태평양전쟁과 패
전, 원폭 투하, 패전 후 연합군에 의한 GHQ 통치기, 오염으로 인한 미
나마타병 등 일본이라는 지정학적 위치에 근거한 현실 위에 선 상상
력에 기인하고 있다고 볼 수도 있으며, 그 공감대는 공간적으로 또 시
간적으로 확산 가능한 힘을 지닌다.

이형의 신체를 지닌 경계선상의 존재들

「홍수」에서의 노동자 계급의 액화, 「S·카르마 씨의 범죄」에서 카르마
씨의 눈물로 야기되는 홍수, 도시 노동자들이 '불연속'적인 현실 속에
매몰되어 가는 「수중도시」 등의 텍스트에서 우리는 전전의 논리 단절

이후 새로운 질서가 성립되는 격동의 도정 위의 전후 일본이 낳은 경계선상의 존재들을 발견하게 된다. 물의 상전이를 통해 그려지는 다양한 수중 공간은 체제에 의해 보호받지 못하는 지점에서의 유동하는 현실을 형상화하고 있는 것이라고 할 수 있다.

패전 후 일본의 혼란스러운 전환기처럼 물속의 세계에서는 다양한 폭력이 분출한다. 하지만 스스로의 신체 경계를 허물어 그 폭력을 일으키기도 하고 또 그 속에 휘말리기도 하는 인간들의 홍수 속에서 빛나는 '결정'結晶으로 그려지는 것은 노동자의 심장이다. 인간 스스로의 물질적 경계를 허물어 새로운 물질로 전환하는 과정에서 폭력이 분출하지만 그 폭력 속에서 희망으로의 희미한 연결고리가 물질 결정을 맺으며 반짝인다.

등장인물들은 약하지만 스스로의 경계를 해체하여 새로운 자신을 재구성해 내고 물질의 상전이 과정을 통해 강한 운동성을 드러낸다. 그 운동이 폭력을 낳기도 하며 원인을 파악할 수 없는 폭력 속에 휘말려 이를 증폭시키기도 하는 모습에서 일본의 전후라는 전환기의 불안정성을 읽을 수 있다. 또한 체제의 전환기에 아직 새로운 질서가 정립되지 않은 회색지대에서의 격렬한 변형은 이 개체변형의 문제가 개별 주체를 넘어 법제도적 주체의 변환 문제와 깊이 연결되어 있다는 것을 보여 준다.

3) 종의 경계를 넘어서: 수서인간의 등장, 『제4간빙기』

테크노크라시와 신체의 변형

전후 일본 최초의 본격 SF 장편소설로 발표된 『제4간빙기』*는 1950년
대 인공위성과 원폭기술의 개발을 둘러싼 미·소의 경쟁을 배경으
로 국제정치와 경제의 키워드로 부상한 과학기술 문제와 예술 표현
의 접점에서 생명사의 전환을 이야기한다. 볼튼은 아베가 『제4간빙
기』에서 자연재해를 소재로 하여 일본의 로컬화된 내셔널 아이덴티
티를 묻고 있다고 평가(Christopher Bolton, *Robot Ghosts and Wired
Dreams*, 7쪽)하기도 했다.

공산당의 문화활동가였던 아베 고보는 후에도 반복되는 제국주
의적 지배구조를 지적하고, 특히 자본과 테크놀로지가 결합한 지배
라는 측면을 일찍부터 구체적 작품 속에 설정하고 있다. 『제4간빙기』
에서 그는 1950년대라는 냉전기를 배경으로 기계에 의한 예언이라는
화두를 던지며 컴퓨터의 계산으로 일어나는 종적 변신의 문제를 그
렸다.

전후 좌익운동에 참가하면서도 그 내부의 문제에 대해 비판적 시
각을 견지하고 1956년 동유럽 방문 이후로 사회주의 국가 내부의 모
순을 주목해 온 아베는 국제정치의 시스템 속에서 격화해 가는 기술

---

* 巽孝之, 「SF年表」, 『日本SF論争史』에서 본격 SF 장편으로 가장 먼저 언급되어 있다.

그림13 『제4간빙기』. 아베 마치(安部真知)에 의한 삽화①.
아베 고보 작품의 많은 표지와 삽화, 무대상연 시의 무대
미술을 배우자 아베 마치가 담당했다.

그림14 『제4간빙기』. 아베 마치에 의한
삽화②.

개발 경쟁이 사회주의 국가의 내부 모순들을 더욱더 난해한 문제로 만들었다고 지적했다.

하니야 유타카는 한 좌담회(「과학에서 공상으로: 인공위성·인간·예술」)에서 과학의 군사적 의미가 강조됨에 따라 정치와 과학의 밀착이 심화된다는 다음과 같은 견해를 밝혔다.

> "인공위성은 대륙탄도탄과 같은 기초 위에 있습니다. 이런 식으로 군사가 강조된다면 피라미드 건설 시대의 이집트와 마찬가지 상황이 될 것입니다. 요컨대 비밀이라는 것이 최고의 비의秘儀가 되고 고대의 파라오와 승려가 일체화된 것처럼 정치 지도자와 과학자가 1, 2단계에서 합체하여 그들에 의한 신권 시대에 인민은 비밀을 접할 수 없게 되는 단계가 지속되게 됩니다. 다른 한편으로는 사회주의 사회에서도 필연적으로 우월한 국가와 약소국이 생깁니다."

아베 고보는 같은 좌담회 석상에서 하니야의 이 발언에 대해 "동유럽과 소비에트의 모순, 그런 것에서 인공위성이 개발되었음에도 남아 있는, 아니 오히려 그런 모순을 내부에 품고 있는 것이 역으로 결과적으로는 인공위성을 가능하게 한 것이 아닐까요. 40조억 엔이었던가요? 그런 거대한 돈을 들이며 소비에트 내지 공산당의 모순들을 내부적으로 해결할 수도 있었을 겁니다." "내부적 모순으로서 견뎌야 하는 국제적 모순이 있었기 때문에 급하게 인공위성을 띄워야 했습니다. 아마도 모순이 없었다면 인공위성을 발사하는 것은 40~50년은 더 걸렸을지도 모릅니다. 이런 점과 인공위성 발사 성공은 결국 같은 얘기가 아닐까 생각합니다"라고 발언했다(武田泰淳·埴谷雄高·荒正人·安部公房, 「技術と人間の体制: 人工衛星以後の展望」, 『世界』 1958年 1月号. 본문 인용은 『安部公房全集 008』, 190~211쪽).

인간이 자신의 이성을 확신하는 비논리성이 예언기계라는 이름의 컴퓨터를 둘러싼 에피소드를 통해 제기되고 있는 『제4간빙기』는 아베 텍스트의 중요 모티브인 신체, 기계, 폭력이라는 문제가 정치와 합체된 과학 테크놀로지와 신체의 변형의 관련 양상에 주목하면서 그려져 있다.

『제4간빙기』는 예언기계를 중심축으로 구성되어 있으며 인간 신체를 이용하여 재생산을 행하는 출산·보육기계가 기계의 예언을 구현해 가는 과정에서 중요한 역할을 담당한다. 『제4간빙기』의 예언기계는 미래를 논하기 위한 보조선과 같은 장치이며 여기서 중요한 것은 예언되는 미래의 내용에서 보이는 선견지명 같은 것이 아니라 예언이 산출되는 원리다(新戸雅章, 「『第四間氷期』と未来の終わり」, 112~117쪽).

예언기계는 거대한 홍수의 도래로 수면이 상승함에 따라 현재의 인류와 동물들은 지구상에서 생명을 유지할 수 없게 될 것이라는 예측을 내놓는다. 이러한 미래에 대비하기 위해서는 인간의 신체와 지구상 동물들의 신체를 변형시키는 것만이 인간과 동물의 종을 유지하는 방법이다. 이러한 계획을 진행하기 위해 설립된 해저목장과 연구소에는 새로운 수서水棲동물(수역에 생식하는 동물의 총칭)과 수서인간이 배양, 사육되게 된다.

예언기계와 출산·보육기계의 관련 양상

예언기계와 출산·교육기계에는 『제4간빙기』의 구조적·미학적 중심
축이 있다. 신체의 기계화라는 테마는 아베가 집필한 SF적 텍스트에
편재하는 것으로, 특히 1950년대 텍스트를 해석하는 데 핵심적인 요
소 중의 하나이다. 아베의 텍스트에서 기계화하는 신체의 소유자는
사회적 약자인 경우가 대부분이다. 1954년에 간행된 장편소설 『기아
동맹』飢餓同盟(1970년에 개고 후 재간행)에 등장하는 요리키賴木의 신체
는 인간 계량기화하여 지열측정기로 이용되거나(이 책의 3장 참조) 단
편소설 「R26호의 발명」R26号の発明(1953)의 전직 기술자 다카기高木의
신체가 로봇이 되는 것 등을 예로 들 수 있다.

만들어진 기계는 신체의 흔적을 확장하며 긍적적 혹은 부정적
의미 양쪽 모두에서 보조기관적인 것이다. 『제4간빙기』의 두 중심적
기계는 신체기관의 기능 확장과 밀접하게 관련되어 있으며 기계 두뇌
를 낳는 과학기술자와 경제권력의 연합은 환경의 변화에도 견뎌 낼
수 있는 새로운 노동력을 확보하기 위해 출산·보육기계라는 더욱 효
율적인 신체수탈 방법을 고안한 것이다. 이 기계와 함께 그려진 신체
변형은 주목할 만한 특징을 보인다. 「덴도로카카리야」의 주인공 고몬
(コモン: common의 함의로 유추된다) 군의 식물화, 「S·카르마 씨의 범
죄」의 카르마 씨가 벽으로 변신하는 장면 등은 종적 변이와는 관계없
는 개인의 신체변형으로 그려져 있었다. 이렇듯 일반적인 신체변형은

대개 개체로서의 신체에 일어나는 돌발적 변형의 형태가 주를 이루는데 반해 『제4간빙기』의 신체변형은 유전이 가능한 종적 변이로 다루어지고 있다는 점이 차별화되는 지점이다.

이 텍스트에서는 재생산의 문제—인구 문제나 자연 문제—와 식량난이나 온난화라는 현대적 문제가 1950년대라는 매우 이른 단계에서 제기되어 있다. 계획경제의 문제로서 지적된 점은 공업이나 농업 등의 수치를 계산하여 그로부터 산출된 결과만으로 미래 사회를 예상한다는 것이 과연 가능한가 하는 점이다. 소련과 중국의 계획경제를 정체시킨 중요 요인의 하나인 시장화할 수 없는 재생산의 문제가 여기서 부상하게 된다.

마르크스는 『자본론』에서 "노동력의 소유자는 죽음을 피할 수 없다. 따라서 화폐의 연속적 전화는 노동자가 시장에 연속적으로 나타나기 때문에 노동력의 판매자가 (……) 생식에 의해 영구화되어야 한다는 전제에 의거해 있다. 소모와 죽음에 의해 시장에서 수탈(철수)되는 노동력은 적어도 같은 수의 새로운 노동력에 의해 끊임없이 보충되어야 한다. 따라서 노동력의 생산에 필요한 생활수단의 총액은 보충인원, 즉 노동자 자녀의 생활수단을 포함하고 있고, 이렇게 해서 이 독특한 상품 소지자라는 종족이 상품시장에서 영구화된다"고 지적한다(Marx, *Das Kapital*, 나가하라 유타카長原豊의 논문에서 재인용). 마르크스나 네그리·하트, 그리고 우노 고조宇野弘蔵를 재해석하여 자본에 대해 분석하는 경제학자 나가하라 유타카는 마르크스의 이와 같은 지적을 인용하면서 자본의 축적과 강제적 이성애 제도의 관계를

논했다(長原豊, 「Un/Le Pas Encore-de la Marx: 資本制と強制的異性愛制についての試論」, 『文学』 第3巻 第1号, 174~188쪽; 第2号, 243~256쪽).

예언기계 KEIGI-1가 제시한 미래상은 지구온난화와 해저의 지각변동에 의한 해면의 급격한 상승으로 인류의 육상생활 공간이 격감하여 결국 지상의 문명이 멸망한다는 것이었다. 이러한 정보를 먼저 입수한 재계는 과학 연구자들을 모아 연구소를 설립하고 수서동물 및 수서인간 개발에 착수한다. 자본은 스스로의 존속을 위해 '소모와 죽음에 의해 시장에서 철수하는 노동력'을 새로운 노동력에 의해 끊임없이 보충해야 한다. 따라서 『제4간빙기』의 경우처럼 인류의 신체가 그대로는 생존을 지속할 수 없는 환경에 놓였을 때 자본은 결국 그 환경 조건을 바꾸는 것보다 코스트가 적게 드는 인체 개조를 선택하는 것이다.

나가하라 유타카에 의하면 자본의 궁극적 목표는 일체의 외부가 없는 내적 논리에 근거한 자동운동이다. 이는 외부에서 수탈하고 외부를 내부에 끌어들이는 고전적 마르크스주의 이론에서 출발한 것으로 보이는데, 자본과 외부의 관계는 더 이상 옛날처럼 확연히 나뉘는 것이 아니며 자본은 외부 없는 완전한 자동운동을 목표로 하면서 스스로의 자동운동을 가능하게 하는 부정적 계기로서, 내부화된 외부—노동, 생식, 제삼세계 등—를 필요로 한다. 이 외적 요소들은 그 자체가 배제되어 불가시화되는 것으로 내부화된다. 자본이 그 존속을 위해 날조를 필요로 하는 외부 안에, 특히 생식에 의한 재생산이라는 문제는 강제적 이성애 제도에 의해 지탱되어 있다.

재생산을 둘러싼 문제는 현재에도 계획이나 통제하기가 어려운 문제이며, 사회주의 계획경제의 주요 실패 원인 중 하나였다. 생식과 보육에 의한 재생산이 노동력의 안정적인 공급에 의한 자본증식의 기본 조건인 것은 분명하나, 그 위기에 대한 대응책은 용이하게 발견되지 않고 출산제한 혹은 반대로 출산장려나 공적 교육 등의 형태로 이루어졌다. 기계의 계산에 의한 예언이 간단한 것이 아니듯 인간의 보육에는 기계화되기 어려운 문제—부모가 된다는 선택과 자식을 양육하는 데 필요한 애정이라는 것은 대체될 수 없는 것은 아니지만 시장화되기에는 까다로운 요소이다—가 존재한다.

KEIGI-1에서 예측되는 미래상을 현실 속에서 실현시키기 위해 개발되는 또 다른 기계가 KEIGI-1의 이성애적 파트너라고 할 수 있는 출산·보육기계라는 것은 자본증식의 구조라는 관점에서 볼 때 자명한 귀결이 된다. 해저연구소에서 개발된 출산·보육기계는 인공 임신 중절수술을 받은 태아를 매수하여 이를 원료로 유전 가능한 인공 뮤턴트(돌연변이)를 만드는 연구를 실행해 간다. 가장 코스트의 효율이 높은 인체가 이 뮤턴트—수서인간의 생산원료로 선택된 것이다. 직접 동물의 신체를 이용하여 유전자 변형과 조작에 의한 변종 생물체가 개발되면서 이들은 비밀리에 해저에 건설된 해저목장에서 사육되고 매매가 시작된다.

이 기계를 이용하여 운영되는 해저연구소·해저목장은 재계에 의해 고안된 재생산·생산 장치다. 이 시스템은 상품의 자원이 되는 것을 생산하는 새로운 인공 식민지이면서 제4간빙기가 끝나고 육상생활

이 불가능해졌을 때 새로운 노동력을 제공하기 위한 기계이다. '옛날처럼 꽤 장사를 하게 해 주는 후진국도 없어졌는데…… 어쨌든 전쟁만큼 확실한 투자는 없다'는 말은 시대적 전환기라고 볼 수 있는 위기 상황이 기득권층에게 있어서는 투자의 타이밍일 뿐이라는 것을 엿보게 한다.

종적 변이와 이형적 신체의 생산 현장

연구소는 도쿄 쓰키지에서 하루미로 빠져 12호 매립지로 들어간 다리를 건넌 곳에 있었다.

> 끈적이는 바닷바람 속에 요로이 다리가 녹색으로 반짝이는 것처럼 보였다. 눌러져 버린 풍경 속에서 눈에 들어오는 이 조명은 어딘가 불안을 자극하고 있다. 다리를 다 건넜을 때 어딘가에서 낮고 짧은 기적 소리가 들려다. 오전 0시를 알리는 신호인 듯했다. (『安部公房全集 009』, 87쪽)

기적 소리를 신호로 길바닥에 멈춰 있던 박스 모양의 자동차가 가쓰미勝見 박사 일행을 해저연구소·해저목장으로 이동시킨다.

그들이 해저에서 목격하게 된 것은 제4간빙기의 종말을 고할 대홍수를 극복하기 위해 고안된 방주적 수단, 거대한 이형의 신체들로 채워진 수족관이었다.

놀랄 만한 광경이었다. 그것은 마치 입체적인 수족관, 때 묻은 얼음 덩어리로 쌓아 올린 블록 장난감 같았다. 크고 작은 수조가 복잡하게 얽혀 있고 그 사이에 파이프나 밸브, 미터기 등이 묻혀 있다. 인간이 지나다니며 일을 하기 위한 철제 브리지가, 많은 곳은 삼중으로까지 걸쳐져 마치 배의 엔진룸을 연상시킨다. (『安部公房全集 009』, 88쪽)

바다 쪽에 세워진 연구소는 그 자체가 한 척의 배와 같은 형상이다. 그리고 안내를 받아 들어간 발생실이라는 곳에서 목격하게 된 수서 쥐, 토끼, 소 등은 연구소라는 방주형 기지에서 인공 태반과 산도産道, 보육기관을 거쳐 승선 준비를 하고 있는 동물들인 것이다.

출산·보육기계의 운영을 둘러싼 묘사를 살펴보면 제4간빙기 인류가 해수면의 상승 속에서 사멸해 간다는 종말적 이미지와는 대조적인 위치에서 발생의 문제가 주목되고 있음을 알 수 있다. 도바 고지는 냉전기 유전학 연구의 실상을 면밀하게 검토하여 『제4간빙기』가 집필된 당시에 주목을 모았던 소비에트 과학자 리센코T. D. Lysenko의 이론에 근거하고 있음을 지적한 바 있다(鳥羽耕史, 「安部公房『第四間氷期』: 水の中の革命」, 『日本文学研究』, 106~116쪽).

인간을 포함한 지상의 동물이 발생의 원천으로서의 물속에서 제2의 탄생, 즉 수서동물로의 종種적 변이를 달성하는 과정의 묘사에서는 개체발생이 계통발생 과정을 되풀이한다는 생물학적 상상력이 양수 속 태아의 형상과 수서인류에의 진화라는 새로운 상상력으로 연결되어 간다.

제4간빙기를 견뎌 내고 새로운 시대에까지 살아남기 위해서는 인간에게도 새로운 형태의 신체, 수서인간의 신체가 요구되게 된다. 가쓰미 박사는 자신의 아내가 중절수술을 받고 자식은 보육기계 안에서 양육되고 있다는 것을 알게 된다.

'송사리 같은 형태의 태아. 아지랑이처럼 흔들려 보이는 투명한 심장. 어두운색의 한천 같은 물질 속에 막대형 불꽃놀이가 흩어지는 듯 보이는 혈관'을 지닌 가쓰미 박사의 아들은 그와는 다른 신체구조를 지닌 수서인간이라는 새로운 종의 생명체이다. 박사는 자연 논리에 의한 부자관계만을 주장하지만 그의 제2의 의식이라고 할 수 있는 예언기계라는 발명품은 그가 아버지일 수 있는 제2의 방법, 즉 종적 신체변이를 모색하고 있었던 것이다.

시스템 속에서 소거되는 것

자연적 지각이나 인식 내용은 우주의 질료, 무질서한 상태를 구성하는 생성genesis이나 물자체 같은 것을 근거로 성립하게 된다. 자연적으로 지각되는 현실 공간이 가상 공간으로 편입되면 그것은 디지털 언어체계로 성립되며 지금까지 인간의 손이 닿지 않는 곳에 있었던 것이 인간에 의해 장악된다. 그러나 그 디지털 부호 시스템이 인간의 신체를 공격한다는 아이러니가 기다리고 있다. 탈인간적이며 스스로 학습을 수행한다는 디지털 언어체계의 인터페이스 원리상 인간 신체로는 컨트롤할 수 없는 영역을 구축하고 있기 때문이다(조광제, 『매체철학의 이해』, 206쪽).

『제4간빙기』에서는 두 기계의 기능에 대한 질문이 던져져 있다.

먼저 텍스트가 집필된 당시인 1950년대에 새로운 테크놀로지로서 주목받기 시작한 컴퓨터의 계산과 그 계산에 의한 예언을 수행하는 행위가 갖는 정치적 의미를 생각하게 한다.

이 이야기의 중심축인 예언기계, 그리고 출산·보육기계는 남성과 여성의 관습적인 성적 역할을 수행한다. 관습적이며 스테레오타입적인 젠더가 두 기계를 대변하고 있는 것이라 할 수 있다. 논리적인 두 뇌를 지닌 부성적 예언기계와 감성적이고 육체적인 모성의 형상을 출산·보육기계가 담당하는 구도를 여기에서 읽을 수 있다.

가쓰미 박사는 예언기계가 선고하는 미래를 순순히 받아들이거나 미래를 위한 생식기능을 수행할 것을 거부한다. 제4간빙기가 종말을 맞이한 후 인류가 수서인간이라는 신체구조로 변형되어 살아남게 된다는, 기계의 예언에 의한 미래를 받아들일 수 없었기 때문에 가쓰미 박사는 결국 죽음을 맞이하게 되고 텍스트 내에서 소거된다.

자본의 존속을 위해서는 강제적 이성애제가 요구된다는 것을 언급하면서 자본 세력이 테크노크라트들과 연합하여 재생산 부문을 장악하기 위해 인간의 신체를 수서생물화시킨 것에 대해서는 앞서 지적했다. 그 계획을 현실화시킨 형태가 바로 이 해저연구소 내의 출산·보육 기계 시스템이다. 이 프로젝트를 주도한 재계의 서포트로 기계에 의한 예언의 정보를 먼저 취득할 수 있었던 테크노크라트(기술관료)였다. 후반부에서 가쓰미 박사가 제거되는 것은 자본 시스템의 논리에 의한 자연스러운 귀결이다. 그는 새로운 시대의 아버지로서 예언기계와 어머니로서 출산·보육기계의 결합을 거부했기 때문에 자본의 존속에서 방해요소였던 것이다.

　소련에 의한 인공위성의 발사 등으로 냉전기의 긴장이 고조된 시기에 아베 고보는 컴퓨터로 대표되는 과학 테크놀로지가 인간의 의지를 묵살한 형태로 진화를 이루어 가는 양상을 이 텍스트를 통해 구현했다. 자본과 결탁한 테크놀로지를 인간의 신체지배 문제와 연관시키는 아베의 문제의식은 다이나믹한 신체변형의 묘사에 의해 선명한 인상을 주면서 전개된다. 이 변형은 다른 텍스트에서도 많이 보이는 개별적 신체의 돌발적인 변화가 아니라 각 생물 종의 발생 단계의 유전정보를 조작한 유전 가능한 종적 변이다. 이 부분이 인간의 개체적 신체변형을 많이 다루었던 아베의 다른 텍스트들과의 결정적인 차이점이라고 할 수 있다.

　아베는 특유의 과학적 시점과 감수성으로 인간의 신체를 관리하는 장치를 바라보았다. 이형의 신체를 대면하는 순간의 망설임을 현실로 향하게 하는 아베의 작업은 컨트롤된 프로그램과 그곳에서 삐져나와 배제된 것을 그린다.

　시스템은 자동적으로 모르는 부분을 변형시키거나 생략시킨다. 컴퓨터 시스템에 의해 산출된 다가올 미래를 거부하는 자는 미래에 의해 재판을 받고 제거된다. 예언기계의 시스템을 낳은 가쓰미 박사조차도 그 시스템이 가동을 시작하자 하나의 변수로 취급되어 소멸을 강요당하게 된다. 그리고 기계의 운영 책임을 담당할 새로운 테크노크라트들에 의해 시스템은 무사히 작동을 지속해 간다.

아베 고보는 구체적 현실을 언어화한다는 컴퓨터 시스템의 논리적 원점에서 인간이라는 종적 신체와 인간 역사의 전환이라는 문제를 종합적으로 표상화했다. 전후 일본의 첫 본격 SF 장편『제4간빙기』는 이러한 문제에 기반을 두고 있다. 기계＝컴퓨터의 예언에 의해 수서인간으로 종적 변이를 한 인간의 표상을 그려 낸 이 텍스트는 인간의 신체로는 컨트롤할 수 없는 영역을 구축해 가는 디지털 언어체계의 확장이 증식해 가는 현재, 재평가되어야 할 지점에 와 있다.

매드 사이언티스트의 등장

테크노크라트로서의 가쓰미 박사는 미래를 예언하는 괴물적인 기계를 탄생시킨 아버지다. 그리고 동시에 그는 아들을 수서인간으로 개조해 버린, 괴물의 아버지이기도 하다. 괴물을 탄생시키는 부모로서 과학자의 표상은 메리 셸리의『프랑켄슈타인』*Frankenstein, or the Modern Prometheus*(1818, 영화화된 것은 1931년) 이후 다양한 모습으로 산출되어 오고 있다. 매드 사이언티스트의 스테레오타입은 19세기 문학작품에서 '과학의 위협'을 표현하기 위해 만들어져 과학과 종교, 인간성이란 무엇인가 하는 윤리상의 문제를 반영해 오고 있다. 매드 사이언티스트의 원형으로 불리는 빅터 프랑켄슈타인은 통상 넘어서는 안 되는 경계를 넘어서 금지된 실험을 실행한다. 빌리에 드 릴아당A. Villiers de L'isle-Adam의 소설『미래의 이브』(1886) 의 여성 로봇 해덜리를 만들어 낸 전기학자 에디슨도 인간으로 규정되던 신체적, 기능적 경계를 넘는 새로운 존재를 만들어 낸다는 점에서 이러한 종류의 과학자로 분류할 수 있다. 이러한 매드 사이언티스트들은 20세기에, 특히 제2차 세계대전 후의 대중문화 중 영화, 애니메이션, 만화 등에 활발하게 등장하게 된다. 19세기 소설에 등장하는 과학자들이 개인적인 동기와 취미로 괴물을 탄생시키려고 했다면, 20세기 SF소설에서 보이는 괴물 탄생의 배후에는 자본과 국가권력이 관련되어 있는 경우가 많다.

아베 고보의 소설에서 SF적 요소를 도입한 서술에 국가권력과 결탁한 과학실험이 배경으로 등장하는 것을 『기아동맹』이나 『제4간빙기』의 예에서 보인다. 이것이 '죽음의 천사'라는 별명을 가졌던 나치스 독일의 의학자 요제프 멩겔레Josef Mengele 등이 유대인에게 실시한 생체실험이나 제국주의 일본 731부대의 중국인과 조선인을 대상으로 한 생체실험 등의 예에서 보이듯 과학기술이 제어력을 상실한 힘이 되면서 그것을 낳은 인류 자체를 멸망시킬 수 있게 되어 가고 있다는 불안감을 단순하게 반영하고 있을 뿐만 아니라, 그러한 상황이 국가와 자본에 의한 권력 유지와 재편의 과정으로 파악하고 괴물과 괴물을 낳은 아버지의 모습으로 형상화되고 있는 것이다.

아베 고보는 에세이 「영화 '악마의 발명'의 독창성」(1959)에서 "이것이야말로 내가 오랫동안 기다려 온 작품이다. 혹시 나에게 기회가 주어지기만 했다면 나도 이런 영화를 만들고 싶었다. 테마는 반드시 의미 내용만으로 논할 수 있는 것이 아니라 오히려 직접적인 감성의 문법(리듬)으로 말할 수 있는 것에 주목해야 한다고 주장한 것도 바로 이런 것이었다"라며, "에른스트의 세계가 그대로 움직이는 것 같다고 해야 할까. 어쨌든 시각화가 상상력을 한정 짓는다는 종래의 고정관념을 완전히 타파해 주었다"고 절찬하고 있다(「悪魔の発明」, 『安部公房全集 009』, 488쪽).

체코의 카렐 제만Karel Zeman 감독의 영화 「악마의 발명」Vynález zkázy(치명적 발명/파멸적 발명, 1959)에도 매드 사이언티스트 박사가 등장하는데 그가 발명한 병기의 이권을 둘러싼 경쟁이 혼란을 불러 일으킨다. 종이를 잘라 만든 그림 작품이나 동판화풍의 2D 이미지를 이용한 초기 애니메이션 기법을 구사하여 실사와 접합시킨 이 영화는 쥘 베른Jules Verne이 1896년에 발표한 소설 『깃발을 바라보며』Face au drapeau를 원작으로 하고 있다. 일본에 소개된 당시의 타이틀이 '악마의 발명'悪魔の発明이며 영화가 먼저 유명해졌기 때문에 일본어판 소설 제목도 '악마의 발명'이 되었다. 베른 최후의 명작으로 불리는 고전적 SF소설 『깃발을 바라보며』에서 깃발이란 국기를 의미한다. 괴물적 무기를 만들어 낸 과학자와 그의 발명품인 최신 무기의 점유권을 노린 세력이 등장하는 이 영화에서는 국기로 상징되는 국가라는 이념의 개입으로 이야기의 혼란상에 종지부가 찍히게 된다.

스탠리 큐브릭 감독의 영화 「닥터 스트레인지러브」Dr. Strangelove Or: How I Learned to Stop Worrying and Love the Bomb(1964)의 주인공 스트레인지러브 박사도 통제력을 잃은 과학에 대한 공포가 극한적 형태로 표현된 전형적 인물일 것이다. 이 두 작품에 공통된 것은 인간의 발명품이 그의 의지를 떠나 움직이기 시작하면서 통제할 수 없는 혼란상을 야기한다는 것이다. 이상한 것은 박사뿐만 아니라 폭력을 일으키는 선장과 사령관, 그리고 그 상황 자체인 이야기가 해저 잠수함과 공군기지라는 공간을 무대로 펼쳐지는 작품이라는 점이다.

더 거슬러 올라간다면 생명의 창조와 조작을 자유로이 행하는 매드 사이언티스트의 원형을 연금술 시대의 수많은 전설 속에서도 찾을 수 있을 것이다. 프랑켄슈타인 박사에 의한 인조인간의 창조는 이러한 연금술사의 표상이 구체적인 형태로 문학 속에 확립된 것이라고 할 수 있다. 현대에 들어와 그러한 묘사는 사람들에게 더욱 현실적인 것이 되었다. 일찍이 상상의 산물에 지나지 않던 클론의 제조나 유전자조작 같은 기술이 이제는 현실적인 사건이 되어 버린 한편, 생명 윤리에 대한 논의는 아직 충분히 이루어지고 있지 못한 현실이다. 인간의 신체성을 정상과 비정상으로 구분하는 기준에 대해 큰 의문이 던져지고 있는 현재, 철학적·윤리적 부분은 제쳐 두고 기술만이 신속한 진전을 보이고 있는 것이다. 이러한 막연한 공포를 배경으로, 생명을 조작하고 때로는 이를 파괴하기도 하는 매드 사이언티스트의 표상은 정치 및 경제 권력과 연결된 테크노크라시의 카테고리에서 이전보다 더욱 현실감을 띠고 그려지게 되었다.

과학자의 표상은 아베 고보의 장편소설 『타인의 얼굴』他人の顔 (1964)에서 일그러진 얼굴을 가려 주기 위한 마스크를 제작하게 되는 의학박사의 예에서도 보이듯이 서서히 일상 속에 침투한 합리적이고 냉정한 모습의 권위적 인물로 등장하고 있다. 그들은 괴물을 제조할 뿐만 아니라 그것을 이상한 증상으로서 발견하고, 명명하며, 관리하고 있는 것이다.

신체적 이상의 관리자, 순사로서 아버지의 표상

과학자로서의 아버지와 함께 주목할 만한 또 한 명의 아버지상은 경찰이라는 직업이다. 「수중도시」와 『기아동맹』에 등장하는 아버지는 식민지로 건너가 순사로서 근무한 경험이 있는 인물들로 그려져 있다. 「수중도시」의 주인공의 아버지는 "만주에서 순사를 하던 무렵은 재미가 있었지. 그래도 너나 너의 엄마를 매일 떠올렸었다. 또 전쟁이 일어나면 경기가 좋아질 텐데 말이야"(『安部公房全集 003』, 211쪽)라고 말한다.

순사의 표상은 아베의 초기 희곡 「제복」에서 본격적으로 그려진다고 할 수 있다. 여기서 비열하고 천박한 순사라는 인물은 제국주의 일본의 폭력을 상징하는 일그러진 표상으로 그려지고 있으며, 권력자로서 순사의 횡포와 이에 대비되는 약자, 조선인 청년이 등장한다. 그러나 이 권력은 한계가 있는 중간층 혹은 에이전트로서의 권력이며, 권력의 중심은 그 모습을 드러내지 않는다.

뒤의 장에서 다룰 소설 『기아동맹』에 등장하는 하나이花井라는 인물은 부모에 대해 "나는 부모님이 조선으로 건너가는 도중에 배 안에서 태어났습니다. 아버지는 조선에서 3년간 순사를 했습니다. (……) 아버지는 4척 8치, 어머니도 4척 7치의 작은 체구였습니다. 하나조노花園에서는 떠돌이를 '히모지'ひもじい(배고픔이라는 의미)라고 했는데 여기에 '치비'ちび(꼬마라는 뜻)를 붙인 '히모치비'라는 것이 부모님의 별명"(『安部公房全集 004』, 128쪽)이라고 말한다. 이 말에서 읽을 수 있는 것은 『기아동맹』에 등장하는 부모 역시 피지배층인 식민지 민중의

신체를 관리하고 그들 위에 군림하는 순사이면서도, 일본 내부에서는 150센티미터도 되지 않는 왜소한 체구에 외지에서 흘러들어 온 가난뱅이라고 무시받던 하층민이라는 이중적 위치에 서 있다는 사실이다.

과학기술과 모성

아베 고보의 『기아동맹』과 『제4간빙기』는 일본의 20세기 테크노크라시적 구조를 배경으로 의도적으로 괴물이 제조되고, 신체가 변형되며, 또 수탈되어 가는 세계를 표상하고 있다. 1950년대에 등장한 이 두 장편 SF소설은 아베가 단편 「덴도로카카리야」의 주인공 고몬 군의 식물화 이후 꾸준히 집필한 소재인 신체이상을 통해 나타나는 괴물화를 사회적 문맥 안에서 확립시켰다고 할 수 있다. 이 두 소설에는 변형의 핵심요소인 물이라는 팩터와 기계화의 문제, 그리고 괴물로서 여성 신체의 문제가 다루어져 있다.

『제4간빙기』에서는 예언기계가 예측한 미래상을 실현하기 위해 수서동물의 발생과 보육이 이루어지는 연구소가 등장했다. 이 시스템은 국가와 거대 자본의 결탁으로 비밀리에 개발된 것으로 수서인간과 수서가축을 탄생시키고 그 상업화까지 진행하고 있다. 20세기 초에 엔트로피 개념을 인문학적 문맥에 도입한 헨리 아담스는 『헨리 아담스의 교육』Education of Henry Adams(1907) 등에서 과학과 기술이 폭발적으로 발달하는 20세기의 산업화에 대한 낙관론적 입장을 부정하고 역사와 문명을 붕괴의 과정으로 파악했다. 그는 중세의 성모마리아에 맞서는 20세기의 신으로 다이나모(발전기)를 위치시켰다. 성모와 다이나모의 접점은 생산이라는 개념이며, 강력해진 여성과 과학의 힘을 재생산 기능이라는 측면에서 유추하여 비유적으로 사용한 것이었다. 『기계에서 신으로』*Machina ex Deo: Essays in the dynamism of Western culture*(1968)에서 린 화이트 주니어Lynn White, Jr.는 이 양자—성모와 다이나모—의 동맹에 대해 언급하고 있는데, 『제4간빙기』의 수서생물 연구소와 그 생산 시스템에는 이러한 동맹이 형상화되어 있다. 가쓰미 박사 팀에 의해 개발된 컴퓨터 프로그래밍을 통해 '예언'된 제4간빙기의 종말이라는 미래에서 살아남기 위한 수단으로 인간의 수서인간화라는 프로젝트가 가동되었고, 여성의 체내에서 수정된 태아들이 인공의 출산·보육기계 속으로 옮겨져 일정 기간 후에 기계를 통해 수서인간으로 탄생하게 된다. 아버지라는 존재는 최초의 수정 단계에 관련되어 있을 뿐이므로, 수서인간이라는 새로운 이형의 신체를 고안한 예언기계 시스템 자체가 이들의 상징적인 아버지라고 할 수 있다.

아베 고보의 텍스트에 등장하는 인체의 관리자로서의 부성적 존재는 매우 흥미로운데 그들은 대부분의 경우 과학자로 설정되어 있다. 전술한 것처럼 매드 사이언티스트의 표상은 아베 고보의 아버지적인 표상과 밀접하게 연결되어 있는 것이다. 『기아동맹』에서 오리키의 신체를 기계화한 치치부秩父 박사도 이런 인물 중의 한 명이라고 하겠다. 부성적 존재는 괴물적인 것의 탄생 신에 등장하여 위기감을 고양시키는 특수한 위치를 점하며 자식을 위험에 빠뜨리거나 그 위험 상황을 방관한다(「S·카르마 씨의 범죄」, 『방주 사쿠라마루』).

이러한 부성적 존재들은 대부분 아들의 시선에서 그려져 있는데 『제4간빙기』에서처럼 아버지로서 주인공 자신이 스스로 친자관계의 문제와 출산을 언급하고 있는 점은 매우 드문 설정이다. 이러한 설정 은 이 텍스트에서 재생산의 문제가 매우 중요한 위치를 점하고 있음 을 시사한다.

기계와 여성의 신체

『제4간빙기』에서는 인공적 자궁 영유의 꿈이 보육기계에 의해 실현 되어 가는데 이는 한계를 노정하고 있었다. 재생산 과정에서 불가결 한 보육이 부모나 그를 대신할 사람의 의지와 애정에 의한 것이 아니 라 출산·보육기계에 의한 것이라는 부분이 취약점의 하나가 된다. 이 텍스트가 쓰인 것은 20세기에 들어서 일본 여성의 노동력이 최고치 를 기록한 시기였다. 생산력으로서의 여성이 재평가되고 기존 남성 영 역으로의 문턱을 넘어섬과 동시에 여성에 의한 차세대 생산의 자율 적인 판단이 제고되었다. 임신중절수술 합법화에 의해 1953년부터 1961년에 걸쳐 매년 100만 건 이상의 중절수술이 행해졌다. 같은 시 기 일본의 출생 인구수가 연간 160만 건에서 170만 건이었던 데 비교 해 보면 이 중절수술의 횟수는 상당히 큰 숫자였다. 『제4간빙기』에는 이런 시대의 변화에 직면한 이들, 특히 남성이 느끼고 있었던 위기감 이 드러나 있다. 조직적 음모에 의해 태아의 강제적 중절수술이 행해 지고 아직 태어나지 않은 아들을 잃게 되는 가쓰미 박사의 공포와 당 혹감이 그것이다. 그의 의도와 상관없이 그를 떠나게 된 아들은 그의 유전자 조합에 의해 탄생한 차세대가 아니라, 인간의 신체조차도 아닌, 이형의 괴물의 신체를 획득하고 수중에서 호흡한다.

다나 해러웨이D. J. Haraway는 기계, 그것은 여성이며 여성적인 능력이고 여성적 육체조직의 한 측면(ダナ·ハラウェイ, 「サイボーグ宣言」, 『猿と女とサイボーグ』)이라고 하며 그 양자의 긍적적 측면을 동시에 인정했다. SF적인 소설에서는 이와는 또 다른 의미에서 기계와 여성이 동일선상에 배치되는 경우가 있다.

아베 고보의 단편소설 「R26호의 발명」에서는 이러한 케이스의 구상화라고 할 만한, 비서 업무를 수행하는 여성형 로봇이 등장한다. '여자는 역시 로봇이지' 라든가, 이 로봇에서는 '일본 부인의 미덕이 완전하게 발휘된다'는 등의 여성 로봇 고용주의 발언은 여성에게 요구되던 수동성의 미덕이 로봇에게서 구현될 수 있다는 사실에 대한 호평이다.

릴아당의 『미래의 이브』에서는 여성 신체의 형태를 한 인상적인 기계가 등장한다. 비너스 같은 육체와 비속한 정신을 가진 미모의 알리시아의 연인인 청년귀족 에왈드. 그를 위해 과학자 에디슨 박사는 아달리라는 기계여성을 창조한다. 아달리라는 이름의 이 기계는 인간의 신체를 본뜬 전기인형이다. 멘로파크에 있는 에디슨 박사의 실험실 한구석에 한줄기의 빛이 쏟아지고 그곳은 검은 천에 덮인 미지의 존재가 등장하는 무대가 된다.

아베 고보의 텍스트에서는 SF적 상상력으로 괴물적 텍스트를 구축하기 위해 망설임을 부여하기 위한 장치로 많은 과학적 소재 및 논리를 도입했다. 이 중 여성 등장인물은 릴아당의 『미래의 이브』의 연장이라고도 말할 수 있을 만큼 이형의 타자로 설정되어 있는 경우가 많다. 여성의 기계적 신체라는 모티브는 단편소설 「열쇠」鍵에서도 도입되었는데 여기에서 아버지는 딸의 신체의 신경체계를 열쇠를 열기 위한 도구로 사용하고 있다.

『제4간빙기』의 해저연구소에는 태반에서 막 떼어 낸 미가공의 태아를 종자라고 부르며 이 종자에서 불순물을 제거하고 인공 태반에 정착시킨다. 그러고 나서 태반의 색변화가 있을 때 다음 단계의 수서포유류로 전환이 이루어진다. 이후 인공 산도에서 흘러내려 온 인공 태반에서 어느 정도 성장한 태아를 분리하고 천장에 커다란 벌집처럼 매달려 있는 인공 유방으로 영양분을 공급한다. 이 시설이야말로 여성 신체의 기계화이며, 말 그대로 '성모에서 다이나모로'의 변화라고 하겠다.

이렇게 여성 신체의 생산성에 초점이 맞춰지는 것은 인격체로서의 여성보다는 그 신체의 생식적·성적 기능만이 우선시되는 사태를 초래한다. 이러한 사실은 다음에서 나타나는 가쓰미의 기분에서도, 정부에 의한 출산정책의 예에서도 보인다.

수서생물연구소의 견학에서 돌아온 가쓰미 박사는 아내를 보고서 '도대체 나는 진심으로 아내를 보호하려 하고 있는가, 아니면 단지 도구로 이용하려고 할 뿐인가, 그런 의문에 고개를 갸우뚱거려 본다. 하지만 왜 그런 기분이 된 건지는 역시 제대로 설명할 수 없다'고 고백한다.

아들 요시오에 대해 상의하고 싶다던 아내의 말에도 무관심했던 가쓰미는 연구소와 미래, 그리고 걸려 왔던 의문의 전화의 진상에 대해, 이 모든 것이 수서생물화 프로젝트와 관련이 있다는 새로운 사실을 알게 된 후 요시오와 대화를 나누고 싶다고 생각하게 된다. 자신의 유전자를 보존하는 것이 더 이상 생식을 통해 불가능해질지 모른다는 위기의 상황이 오자 이 부성 침탈에 대한 반발로 부성의 확인을 향해 달리는 것이다.

가쓰미는 아이를 더 갖고 싶다고 생각하지는 않지만, 또 갖고 싶지 않다고 생각하지도 않는 사람이었다. 그는 아이는 낳는 것이 아니라 결과로서 태어나는 것일 뿐이라고 생각하고 있었다. 그때까지 가쓰미는 아들 교육 문제 등에도 무관심했고 이 새로운 아이의 임신에 대해서도, 그 부모가 된다는 선택에 대해서도 특별한 의미를 느끼지 못했다. 그러나 아내의 임신중절수술에 대해 알게 되고 해저연구소 견학을 통해 현 상황의 진실에 직면하자 그는 조직적인 인간의 종적 변이 계획을 사전에 막아야 한다는 결심에 이르게 된다.

가쓰미는 '나의 아이가 아가미를 가진 수서인간으로 탄생해서 성장했을 때 우리 부모를 도대체 어떻게 생각할지, 생각만 해도 소름이 끼친다. 이 사실에 비교해 보면 영아 살해쯤이야 오히려 품위 있고 인도적인 행위라고까지 할 수 있지 않을까'라고까지 생각하게 된다.

태아는 하루에 800명을 목표로 연구실에 입수되고 있었다. 수서인간 대량생산 재료로 인간의 태아가 사용되고 있다는 설정이 주는 기이한 감각은 전후 일본에서의 임신중절수술이나 피임에 의한 인공

억제 계획과 관련되어 있다고 볼 수 있다.

패전은 인구정책에도 전환을 가져왔다. '낳아라, 늘려라'라는 전전의 목표와는 완전히 반대로 인구억제정책을 과제로 삼게 된 것이다. 이러한 사정에는 식량난을 축으로 하는 경제적 곤란, 참전 군인과 식민지 이주자들의 귀환으로 인한 새로운 인구의 증가와 그에 이어지는 출산의 증가라는 배경이 있다.

이전에도 여성의 출산이 중요한 문제가 된 시기가 두 번 있었다. 그 최초의 예는 1918년 쌀 소동에 전형적으로 드러난 생활난 등으로 도시 생활자를 축으로 제창된 산아제한이었다. 오기노荻野식 피임법이 발명된 것(1924)도 이 시기였다. 그다음의 출산보국報國정책은 아시아태평양전쟁 중, 특히 중일전쟁 본격화 이후에 국가에 의해 더욱 강력하게 추진되었다. 1941년 각료회의에서 결정된 인구정책 확립요강에서 보면 '임신, 낙태 등의 인위적 산아제한'은 금지하고 막아야 할 대상이었다.

전후의 인구억제정책으로의 정책적 전환은 1948년의 우생優生보호법으로 구체화되었다. 우생보호법은 1940년에 제정된 국민우생법이 나치스 독일의 단종법의 일본판으로서 성격을 띠며 출산억제에 적합하지 않다는 견지에서, 이를 대신하는 법률로서 입안된 것이었다. 국민우생법은 우생학상의 관점에서 불량한 자손의 출생을 억제함과 동시에 모성의 생명건강을 보호하는 것을 목적으로 했다. 그리고 우생수술과 모체보호를 위한 인공 임신중절을 담고 있었다.

이때 초점이 된 임신중절수술은 그 후 두 번의 개정을 거쳐 완전히 자유화되었다. 그리고 고도성장기의 인력 부족으로 1960년대에는 인공 중절 억제 방침이 내세워진다. 이러한 움직임은 임신하는 여성의 신체를 국책을 위해 도구화하는 의식을 나타내고 있었다. 그리고 동시에 임신과 피임에 대한 부부를 단위를 한 사고도 촉진(鹿野正直, 『現代日本女性史』, 42~50쪽)되게 된다.

『제4간빙기』에서도 수서인간의 연구나 생산에 실제 인간 태아를 사용한 것뿐 아니라 비밀로 진행된 이 계획을 공표하는 시기도 '대부분의 어머니가 적어도 한 명은 수서인간 아이를 갖게 되었을 때'로 지정된다. 이는 중절수술을 받은 어머니의 심리를 교묘하게 이용하려는 것이다. 중절은 경제적 이유나 건강상의 이유 등 다양한 현실적 이유에서 행해지게 되는 선택인데, 태어날 아이를 낙태하는 것에는 도덕적인 죄악감이 수반된다. 그러한 어머니들에게 일종의 면죄부를 발급하고 그들을 새로운 현실을 묵인하는 공범자로 만든 것이다.

정부가 발표한 방송 말미에는 다음과 같은 내용이 흐른다.

"덧붙이자면 수서인간을 자식으로 둔 어머니들에 대해서는 특별히 물자의 특별배급을 고려 중입니다. 차후의 발표를 기다려 주십시오."

이 방송은 자신과는 다른 이형의 존재를 자식으로 갖게 된 어머니의 신체성을 전략적으로 이용하고 있다. 그리고 아버지의 신체는 언급되지 않는다. 정부와 재계는 초기 단계에서는 어머니의 신체를 동원하고 신체와 연동하는 의식을 조작한다.

결국 수서인간이라는 이 새로운 이형의 생물에 신체적으로 가장 가까운 존재로서, 자주 능력에 의한 것이 아니라 정책에 조종되는 존재로서 어머니의 신체가 그려져 있다. 어머니의 신체는 출산·보육기계가 예언기계의 이성애적 파트너로 설정되어 강제적 이성애에 의한 재생산의 구상화라는 구조를 가능하게 하는 생물학적 연결고리다.

여성의 생식기를 직접적으로 매개하지 않는 보육이라는 행위도 가정 내에서 이루어지는 여성적 성 역할의 행위로 인식되어 왔다. 생산관계에서의 계급 개념을 재생산의 현장에 도입한다면 남성은 재생산의 지배계급, 여성은 재생산의 피지배계급이라고 부를 수 있다(上野千鶴子, 『家父長制と資本制』, 90쪽). 재생산의 피지배계급인 여성은 유아와 가장 가까운 존재로 규정되고 그 관계에 대한 분석이 이루어질 때에도 지배적인 언설로부터 자유롭지 못하다.

프로이트적 논리에서는 먼저 생식이라는 지상명령이 있고 그 명령을 실행하기 위한 특정의 신체부위가 성감대로서 특권화된다. 그것은 생득生得적이며 쾌락이 집중하게 되는 곳으로 리비도의 공급이 이루어진다. 한편 페어베언W. R. D. Fairbairn이 프로이트와 갈리는 분기점은 리비도는 본래적으로 대상희구적인 것이라고 논한 점이다. 이러한 입장에서 페어베언을 평가한 다케무라 가즈코竹村和子는 대상관계 이론을 논구한 페어베언 역시 생물학적 결정론에서 자유롭지는 못했으며 "유아기 단계에서의 어머니와 구순口唇관계는 최초 사랑의 경험을 표상하는 것인데 그렇기 때문에 미래의 사랑 대상과의 모든 관계의 기반을 이루는 것"이라고 말한 것을 지적했다. 페어베언은 유방을 빠는 것과 같은 신체적 관계가 아니라 그것을 매개로 이루어지는 상

상적 관계를 문제시하고 있는 것이다. 그러나 유방-입술의 관계가 반드시 어머니와의 관계여야 한다고 단언할 수는 없다. 그것의 가능성으로서는 아버지나 혹은 양부모일 수도 있으며 레즈비언 파더(竹村和子, 「省略される愛の系譜」, 『愛について: アイデンティティーと欲望の政治学』)일지도 모르는 것이다.

보육기계의 괴물성은 재생산이 단순히 낳는 것만으로 끝나지 않는 문제라는 것을 형상화한다. 그리고 보육이 남성과 무관계한 곳에 있는 것처럼 구조화되어 있는 것에 대한 의문을 품을 가능성을 제공한다. 그것은 이형의 신체를 표상하는 기계이며, 엄밀하게 남성도 여성도 아닌 경계선상의 존재이기 때문이다. 하지만 이 기계의 운영 및 조작을 장악하고 있는 테크노크라트와 기존 권력층에 의해 관습적 모성 이데올로기를 이용한 여론 조작에 이용되는 것에 그치면서, 보육기계의 괴물성 및 이형적 신체를 길러 내는 다이나미즘이 발동되기에는 어려운 한계를 노정하고 있다.

기계 표상을 통해서는 여성의 신체가 수동적 도구로 그려져 있는 한편으로 강한 괴물성을 띠는 여성도 등장한다. 일본의 패전 후에 등장한 강하면서도 새로운 여성상을 대표하는 것이 연구실의 연구원으로 등장하는 와다和田이다. 그녀는 야식용 샌드위치와 맥주를 가져다 주는 등 패턴화된 낡은 여성상을 재연하면서도 실은 해저연구소에서 파견되었던 스파이적 존재로 주인공 가쓰미 박사가 예언을 수행하는 미래를 견딜 수 있는지를 테스트하는 인물이다.

가쓰미 박사에게는 '이 아가씨는 때때로 무지하게 평범하기도 하고 아주 매력적이기도 하다. 결점은 입술 위의 점일 것이다. 광선이 비치는 각도에 따라 그것이 코딱지로 보일 때가 있다'고 보이며 '여자치고는 드물게 확실한 자기 의견을 갖고 있다'는 평가를 받는다. 와다도, 그리고 또한 수서인간의 어머니들도 모두 다 나 해러웨이가 사이보그나 유전자조작 식품 등의 예를 들어 지적한 긍정적 가능성을 지닌 경계선상의 존재들이 아니라 이중 스파이적인 부정적인 인물들로 그려져 있다.

가까운 것에서 오는 이질감: 경계선상의 신체와 생

아베의 문학 텍스트 속에서 물·해수와의 연결을 통해 이형의 신체로 전환을 겪게 되는 등장인물들이 자주 등장한다. 앞서 언급한 「홍수」나 『제4간빙기』와 마찬가지로 단편소설 「인어전」人魚伝(1962)에서의 해수와 물에 의한 이형적 신체의 표상도 그 전형적인 예가 될 것이다. 해저의 폐선에서 조우한 인어를 자택의 욕조에서 기르기 시작하는 「인어전」의 주인공은 그녀의 눈물에 접촉하게 됨으로써 죽음과 재생을 반복하는 폭력적 상황에 부닥치게 된다.

전술한 것처럼 아쿠타가와상 수장작 「S·카르마 씨의 범죄」 이후 아베 고보가 베스트셀러 작가로서의 지위를 확고하게 한 소설 『모래의 여자』에 이르는 시기에 발표된 텍스트 중에는 일반적으로 SF소설로 불리는 작품이 몇 개 있다. 그중에서도 『제4간빙기』는 신체변형을 일으키는 과학적 방법에 대한 상세한 기술이 눈에 띈다.

가쓰미 박사가 해저생물연구소로 견학을 가서 보게 되는 다양한 수서동물은 그 연구 목표가 인간을 포함한 다양한 생물의 신체개조에 있었다. 미국과 소련에서는 곤충의 환태에 주목하여 유충 호르몬과 분비 호르몬의 조절에 의한 성장의 고삐 조절에 성공했다. 그리고 다음 해에 일본에서도 그 기술을 입수하여 연구가 시작된 것이다. 포유동물의 태외 발생기술과 연결되었다는 것까지는 발표되었는데 그러고 나서 각국의 정보교환은 뚝 끊기고 완전히 침묵을 지키게 되었다. 그 후로는 더 이상 기술이나 학문상의 문제가 아니라, '무언가 더 심각하고 무서운 예감'으로 연결되는 문제인 것이다. 이 감각은 익숙한 것의 변형에서 오는 공포와 통한다.

그것이 이론적으로도 또 아마도 기술적으로도 가능하다고 생각되는 만큼 불안도 한층 더 컸던 것이다. 여기서 말하는 불안이란 것은 인체의 변형이며 이형의 신체를 낳는 이러한 사태는 쥐나 돼지의 경우보다도 '심각하게 무서운 감각'을 불러일으킨다. 아베의 경우 문학 텍스트에 그려진 생물의 신체변형, 특히 인체의 변형이 그려지는 경우에 공포와 위화감의 환기 기능이 전술적으로 구사되고 있다. 그것을 눈앞에 하는 순간의 공포에서 오는 환기가 텍스트의 괴물성의 효과를 작동시키는 것이다.

자기의 분신인 자손이 이제 자기 자신과 전혀 다른 형태의, 이형의 신체를 갖게 된다는 설정은 가쓰미 박사의 경우에서도 보이듯 반감이나 불쾌감을 불러일으킨다. 이러한 공포로 가쓰미는 '아가미를 가진 아들'보다 그 아들의 미래를 빼앗는 쪽을 선택해야 한다고 생각하게 된 것이다. 현실에서는 실제로 일어나기 어려운 사건들의 세계를 다루는 SF는 이러한 공포나 불안을 일으키는 장치를 구사하여 일종의 거리 감각을 창출하는 이화효과를 낳게 된다.

인간에 가까운 신체를 창출해 내고 이를 변형하거나 조작한다는 것은 기존에 신의 영역으로 간주되었던 곳을 향한 인간의 도전이라고도 말할 수 있을 것이다. 무엇보다도 보편적이며 확실하게 인간의 존재를 증명해 준다고 생각되는 인간의 신체 자체가 이종異種의, 이형적 신체로 변하는 변화를 목격한다는 것은 상당히 충격적인 이화작용을 일으키는 효과를 낳는다. 가쓰미는 지금까지의 사건에 대한 모든 사실이 밝혀졌을 때 '괴물 중에서 가장 무서운 것은, 잘 알고 있던 사람이 아주 조금 변형된 녀석'이라고 마음속에서 되뇐다. 「S·카르마 씨의 범죄」 유르반 교수가 어딘가 코믹한 언행에도 불구하고 섬뜩한 것은 아버지의 모습을 하고 있기 때문이다.

수서인간의 신체를 비추는 영상

야마구치 씨와 연구실 멤버에 의한 '해저개발협회 운영위원회·계기연분실計技研分室 지부 정례위원회'는 가쓰미가 신청한 두 번째 연구소 견학에서 예언기계를 통해 미래의 영상을 보도록 한다. 가쓰미를 제외한 연구실 멤버는 이전부터 그에게 비밀로 '정부 이상의 권한을 갖는 해저개발협회'를 위해 이 예언기계를 운전해 왔다. 이 사실이 밝혀진 후 가쓰미가 보게 되는 모니터 속의 영상은 텍스트의 「간주곡」이라는 부분으로 제시되어 있다.

『제4간빙기』에서는 기계에 의한 미래의 예언은 대부분의 경우 그

상세한 내용이 화면에 비치는 영상으로 제시된다. 미래를 예언하는 내용의 영상화는 텍스트의 괴물적 효과를 강화시키고 있다. 시나리오 형식을 빌린 듯한 영상의 묘사는 아베 고보의 텍스트에 종종 등장하는데 『제4간빙기』에서 이야기의 중심이 되는 기계는 예언 결과의 내용을 시각적으로 재구성하여 영상으로 출력하는 능력을 갖추고 있다. 『제4간빙기』는 영상화할 것을 염두에 두고 쓰였다고 할 수 있을 만큼 영상적 감각이 강조되어 있는 기법으로 집필되어 있다.[*]

아베의 텍스트에서는 시각에 대한 소재의 강조와 함께 영상적 표현기법 또한 중요하게 다루어졌다. 시각의 중요성에 대한 강조는 「S·카르마 씨의 범죄」나 「바벨탑의 너구리」バベル塔の狸 등에서도 그 예가 보인다. 영상적 표현기법은 『제4간빙기』뿐 아니라 「S·카르마 씨의 범죄」나 「벽이 두꺼운 방」壁あつき部屋이라는 시나리오에서도 집중적으로 추구된 바 있다. 이는 다이나믹한 이미지를 창출하는 데 효과적이며 또한 이야기를 시나리오나 희곡화할 것을 고려한 결과일지도 모른다. 아베가 즐겨 사용한 영상에 의한 시각 체험의 묘사에는 타 감각에 비해 불안정한 감각이라 할 수 있는 시각에 일방적으로 말을 걸어오는 화면의 압박, 현실과 닮았으면서도 결정적으로 변형되어 있는 이형적 존재와 대면하게 되는 곤혹스러움이 수반된다.

대상을 포착하는 감각은 인식의 토대를 제공하고 그 인식으로 성

---

[*] 『제4간빙기』는 1965년 9월에 시나리오화되었다(『安部公房全集 019』).

립되는 각 시대의 사상이나 문화는 그 시대의 패러다임을 형성한다. 그 작용에 의해 감각은 또 변용되고 더욱 새로운 감각의 양식이 출현하기도 한다. 서구의 문화적 전통 속에서는 시각중심주의적인 경향이 강했다. 하지만 동양의 전통, 특히 불교 문화의 경우에는 시각이 의심해야 할 만한 기관으로 여겨졌다. 인간의 시각은 르네상스기 원근법의 창안을 거쳐 데카르트주의 인식론에서 개념적인 완성을 이루었다. 모더니티의 이론적 정초자로 평가받는 데카르트의 철학에서 시각적 문제는 중요한 의미를 갖는다. 데카르트의 원근법주의, 보는 것과 주체의 확실성 확립은 근대 시각의 지배를 특징지었다. 근대의 원근법에서 말하는 소실점은 데카르트적 의미에서의 정신적인 직시, 시선의 중심과 일치하는데 이 시선은 화면 전체 공간을 통제하는 전지전능한 권력이다. 원근법적인 시각으로 특권화된 중심에 위치하는 이 시점에 시선은 고정되고 한 추상적 시점을 형성한다. 이는 실제의 시각과 경험을 구현하는 신체적인 눈이 아니다. 여기서는 실제의 시각적 경험은 소멸되고 관찰자의 신체는 가려진다(주은우, 「근대적 시각과 주체」, 『현대사회의 이해』, 63~83쪽). 존재자들은 시각으로 확인할 수 있고 확인된 것은 확실하게 존재한다는 확신은 육안으로 보이지 않는 것이 분명하게 존재한다는 것을 증명해 낸 과학 이론의 발전에 의해 흔들리기는 했지만, 여전히 사물을 인식하는 가장 기본적인 정보원으로 기능한다.

아베 고보는 전후 아방가르드 운동 속에서 접촉한 초현실주의 원근법의 왜곡과 같은 시각의 착란을 소설 속에서 시도했다. 자신의 명함이 자신의 분신과 같은 모습으로 움직이고 있는 것처럼 좌우의 눈에 각각 다르게 비치기도 하고(「S·카르마 씨의 범죄」), 멀리서 본 문자가 실제의 의미와는 전혀 다른 글씨처럼 보여서 웃음을 자아내기도 한다(「바벨탑의 너구리」). 안구를 제외한 전신이 투명인간이 되어 있는 상태는 시각의 과잉 자체를 표상한다. 다른 감각이 부재하거나 배제된 상태인 것이다. 아베의 텍스트는 여러 차례 시각을 소재로 등장시키지만 시각중심주의를 지지하는 것이 아니라 이와 반대로 타 감각에 대해 시각이 특권화되는 압도적 지배력을 그려 내면서 그 과잉에 대해 경고하고 있다.

『제4간빙기』에서는 예언기계가 미래의 예언 내용을 영상으로 보여 주는 장면이 있는데, 이를 통해 예언은 이미 그것이 텍스트상에 드러난 사실인 것처럼 제시된다. 변화된 이형적 신체의 인간과 동물이 등장하는, 영상화되어 송출되는 미래의 이야기는 주인공에게도, 또한 소설의 독자에게도 강렬한 이미지를 남긴다.

『제4간빙기』는 서곡, 프로그램 카드 No. 1, 프로그램 카드 No. 2, 간주곡, 블루프린트로 구성되어 있는데, 최후의 블루프린트 부분에서는 살아남은 지상인들이 수중망원경을 통해 해저의 자식과 손자들의 생활을 들여다보는 장면이 등장한다. 이것도 결국 미래의 모습을 보고 싶다는 욕망에서 비롯된 것으로, 그들이 망원경으로 보고 있는 것은 일종의 미래, 즉 그들이 살 수 없었던 미래였다고 할 수 있을 것이다.

블루프린트에 앞선 간주곡 부분에서는, 야마모토 씨의 해설과 함께 모니터에서 제공되는 수서인 양육장의 실사 영상이 다음과 같이 묘사되었다.

화면에는 흰 페인트로 NO·3라고 써 있는 철문.

백의를 입은 청년이 나타나 눈부신 듯 이쪽을 돌아본다.

─ 발생실입니다. 선생님께서 자제분과 대면하셨으면 하는데요…….

(청년에게) 준비는 되었나?

(……)

(청년, 끄덕이며 문을 연다. 내부는 돼지의 발생실과 거의 비슷한 구조. 청년, 철 계단을 올라가서 안쪽으로 사라진다.)

(……)

(청년, 유리용기를 들고 돌아온다.)

─ 잘 붙어 있나?

─ 예, 양호하네요.

(유리용기의 확대화면. 송사리 같은 형태의 태아. 아지랑이처럼 흔들려 보이는 투명한 심장. 어두운 한천 상태의 물질 속에 가느다란 불꽃놀이 향처럼 흩어지는 듯이 보이는 혈관.)

(……)

(카메라가 칸막이 쪽으로 접근한다. 합성수지 상자다. 안에는 허연 주름투성이 수서 영유아가 큰 머리를 아래로 내리고 엉덩이를 위로 올린 기묘한 자세로, 아가미를 파들거리며 잠들어 있다. 상자 상부에 많은 돌기가 배열되어 있고 그 하나하나가 가느다란 관에 연결되어 있는데 그 관은 위

쪽에 길게 뻗은 커다란 파이프에 연결되어 있다. 아래에도 같은 파이프가 있는데 이것은 각 상자마다 한 줄기만 나와 있다.) (『安部公房全集 009』, 145~147쪽)

이 시설에는 태어난 아이들의 육아와 훈련을 시행하는 시설도 갖추어져 있다. 그리고 이 시설 안의 수서인간 아이들은 '틀림없는 일본인의 얼굴'을 하고 있다. 종적 특성이 변환된 수서인간들도 민족적 특징을 나타내는 외형은 유지되고 있는 것이다. 생물 교과서에서 인간과 어류, 파충류, 조류 등 태아의 발생도가 나란히 배열되어 있는 것을 보았을 때의 기이한 감각이 다시 떠오르는 장면이다.

전술한 가까운 것에서 느끼는 공포—인체의 변형과 통하는 감각인데, 이것이 화면에 비추어짐으로써 실제 시각만에 의한 목격보다 더 효과적으로 조작 및 편집이 가능해지며 이미지를 더욱 깊이 각인시킨다.

이어서 가쓰미는 '흔들리는 물속…… 검은 바다의 하늘을 배경으로 외다리로 지탱된 튤립 같은 형체가 하얗게 빛나면서 떠 있는' 훈련소 영상을 보게 된다. 그리고 여덟 살의 수서인간 1호 이리리가 등장한다.

소년, 희미하게 입술을 벌리고 이를 가는 것처럼 움직이면서 머리를 숙인다. 물고기가 그의 입술에 몸체를 스치려 하자 가볍게 밀쳐 낸다. 기분 탓인지 약간 미소를 지은 것 같기도 한데 어쩌면 착각이었는지도 모른다. 전신을 회색 재킷과 타이로 감싸고 발에는 지느러미를 달고 있다. 옅은 빛 머리카락이 연기처럼 떠돌고 있다. 이상하도록 크게 뜬 눈의 날카로움을 제외하면 항상 사방에서 수압의 영향을 받고 있는 탓인지 마치 아가씨와 같은 부드러운 몸짓이다. 단지 아가미와 움츠린 가슴만이 역시 어딘가 모르게 섬뜩하다. (『安部公房全集 009』, 155쪽)

아가미가 있는 수서인간의 개발이라는 발상은 아베 고보의 발생학적 지식에서 출발한 것으로 보인다. 개체발생과 계통발생의 관련성을 생각해 보면 인간에게도 연골어류적 단계가 있고 32일째의 태아는 어류와 같이 일심방 일심실의 심장을 가지며 얼굴의 측면에는 어류의 새열鰓裂(아가미 구멍)에 해당하는 여러 쌍의 틈이 나타난다. 이는 고생대의 연골어류의 특징이 남아 있는 것으로 라부카주름상어 chlamydoselachus anguineus와 비슷하다고 한다.

수서인간들에게는 눈물샘이 없고 지상인과는 다른 피부감각을 지니고 있다. 아베 고보의 텍스트에서는 피부의 감각이 정서의 생성과 관련이 있다는 기술이 「개」犬(1954), 「굶주린 피부」飢えた皮膚(1951), 『타인의 얼굴』(1964) 등에 종종 등장한다. 『제4간빙기』에서는 인간의 몸에 아가미가 달려 있는 외모의 기이함과, 인간과 닮았지만 웃을 수 없는 무표정한 괴물의 이미지가 기묘한 피부 감각에 합체되어 인간의 정신적 면이 손상되어 있다는 위기감을 고조시킨다.

영상이 흐른 후에 누가 먼저라고 할 것도 없이 새어 나온 큰 한숨과 함께 스크린의 잔상이 흔들린다. 그 잔상은 점점 줄어들어 작게 사라져 가면서 간주곡이라는 파트가 끝을 맺는다. 이 큰 한숨은 이형의 신체, 그것도 나와 비슷하면서 조금 다른 괴물의 섬뜩한 신체성에 대해 느끼는 불안함과도 같은 불쾌감이다. 또한 이것은 『제4간빙기』의 괴물성에 대한 독자의 반응일 수도 있을 것이다. 이렇게 기분 나쁜 미래를 초래한 원인의 하나로 지구온난화의 문제가 언급되어 있는데 이는 당시 일본 문학사상 상당히 이른 시기에 표출된 선구적인 문제의식이자 지적이었다.

『제4간빙기』의 종반부(블루 프린트)에 그려지는 컴퓨터의 예언 이야기에는 해저유전의 견습공인 수서인간 소년이 등장한다. 소년은 플라스틱 배에서 해상에 떠있는 유전의 전파탑을 수리하던 도중에 공중복空中服을 착용하지 않고 해면으로 떠올라 본 이래로 어떤 신비로운 감각에 사로잡혀 있다.

즉 바람이 피부에서 뭔가를 빼앗아 가는 그 불안한 느낌을 잊을 수 없었던 것이다. 수중생활에 적응하기에 적합한 새로운 신체기관을 지니게 된 신인류—수서인간들은 눈물샘이 사라지면서 피부감각도 변화되어 있었다. 신체감각도 또한 전반적으로 변화되어 있다. 바람이 수분을 빼앗아 가는 감각에 끌린다는 것은 수서인간 소년에게 죽음에 직결될 수 있는 문제이다. 그럼에도 소년은 바람이 지상의 음악이 아닐까 하는 생각을 확인해 보기 위해 금지구역인 도쿄의 유적지를 지나치고도 계속 헤엄쳐 해수면의 상승으로 거의 다 사라지고 조금 남아 있는 육지에 도달한다. 지면에 달라붙은 채 몸을 미동도 할 수 없는 소년에게 드디어 그렇게도 기다렸던 바람이 불어온다. '바람이 눈을 씻어 내고 이에 대답하듯이 뭔가 몸의 안쪽으로부터 새어 나오기 시작한다'는 부분은 해저 세계와 지상의 경계선상에 떠 있는 소년의 퇴화된 눈물샘에서 눈물이 흐르는 감각을 통해 인간의 신체와 이형의 신체의 경계체험을 하는 순간이다.

대규모의 홍수에 의한 시대의 전환이 일어난 후 수중 세계는 더이상 이상한 곳이 아닌, 일상의 무대가 된다. 이형의 신체로 비추어졌던 수서인간들도 이제는 그들이 정상으로 간주되는 세상을 살아가게 된다. 지상은 금지된 위험구역으로 간주되고 공기와의 접촉면을 돌파하여 물에서 떨어져 나가는 것, 공기의 유동으로 신체의 수분을 빼앗기는 것은 수서인간들에게 죽음을 의미한다.

공기의 파동에 의해 전달되는 지상의 음악을 상상하면서 죽음을 맞이한 소년은 파도에 실려 끊임없이 저 멀리 흘러갔다. 여기에는 죽음의 순간 체내에서 새어 나오는 눈물, 해류의 흐름 속을 표류하는 소년의 시신 등 생과 사의 경계가 액체의 흐름의 이미지로 그려져 있다.

아베가 물, 모래, 공기 등 유동체의 진동을 통해 그리는 변화의 이야기는 언제나 생의 경계선을 의식하여 구축되어 있다. 이는 수서인간 소년의 죽음 장면을 통해서도 상징적으로 읽을 수 있다.

예언기계가 송출한 위와 같은 영상의 묘사는 이야기 세계 속에서 실제로 일어나는 사건의 서술과 교차하면서 현실과 영상의 경계가 희박해져 간다. 이야기 세계 내에서 주인공의 의지가 작용할 가능성은 결국 소거되고 스크린 영상을 다 보았을 때 가쓰미 박사는 자신에게 다가오는 스나이퍼의 발소리를 듣는다. 영화 상영 도중에 스크린 속으로 들어가 버렸던 카르마 씨처럼, 박사도 또한 프로그램화된 영상 속의 일부가 되어 버린 것이다.

비판적 괴담과 가설의 문학 사이

가까운 존재가 갑자기 다른 것으로 바뀌어 버린 것을 알게 되었을 때의 이질감과 당혹감은 괴물성을 구축하고 증식시켜 간다. 2장에서 필립 K. 딕의 단편 「가짜 아빠」와 관련하여 언급한, 익숙하고 비슷하지만 어딘가 조금 달라 보이는 것이 주는 공포이다. 인간과 닮았지만 인간이 아닌, 소와 돼지와 닮았지만 그들이 아닌 제3의 형태의 비슷한 괴물은 자동적 인식의 곤란과 혼란을 불러일으키며 마주친 자의 판단을 유보시킨다. 현실 속에서 낯선 것을 마주할 때 그러하며, 텍스트 속에서 낯선 장면을 접하게 될 때 또한 수용자에게 판단유보의 상태가 찾아온다. 이 상태에서 당혹감이 이 낯선 것을 현실 세계 안으로 가져와서 논리적 분석을 시도할 것인지, 아니면 세계 밖으로 추방하는지의 선택이 찾아온다. 여기에서 어떠한 방향으로 나아가는가가 전통적 괴담과 현대적이며 비판적인 괴담의 갈림길이다. 『제4간빙기』에서 그려지는 경계선상의 신체와 생은 과학기술의 표상과 결합을 통해 숲의 '괴물 X' 되기를 시도한 것이다.

아베 고보의 '가설'의 문학론은 중심을 향해 '호모화'하려고 하는 세계를 향해 밖으로 향하며 확산해 가는 '헤테로화'를 촉구하는 '탈주선'脫走線으로서 문학 텍스트를 위치시키고자 했다. 아베는 현대

의 국가가 언어의 한 측면에만 기울어 국가의식의 과잉이 생겨나는 것이 문제라고 생각했다. 그는 '만일 문학에 역할이 있다면 특히 언어의 또 다른 측면인 헤테로화의 메카니즘과 충동을 활성화시키는 것'이 아닐까 하는 견해를 보이며, '나는 그런 문학적 지향을 산문정신이라고 부른다. 말하자면 샤먼적인 노래를 부르지 않는 것'이라는 문학관을 밝히고 있다(「ヘテロ精神の復権」, 『安部公房全集 028』, 301~302쪽).

다양한 괴물, 이형의 신체가 등장하고 유기물인 인간의 신체가 무기질인 거대한 벽으로 변화하거나 순식간에 액체로 녹아내리는 등 물의 상전이와 같은 역동적인 변형을 보이는 아베 고보의 문학 텍스트는 시각에 대한 집착으로 비유되는 근대의 중심적 사고를 의심하고 탈구축하고자 시도한다. 그것은 모든 익숙한 것들, 중심화되고 지배적이 된 것들을 다시 객체화하고 대상화해 보려는 시도이다. 이러한 과정에서 과학기술적 논리에 근거한 이미지와 예술 표현적 장치를 정교하게 배치함으로써 전환이라는 사태의 생물학적 모델로 변형을 표상하고 있다. 이는 단순히 멈추어 생각해 보자는 정지 상태를 의미하는 것이 아니며 이형의 신체를 생산하는 이 변형이라는 사태를 구성하는 중요한 이미지와 논리가 다이나믹한 운동성에 있다는 부분을 주목해야 할 것이다.

4장

전후 일본과 기형의 신체

1. 훼손된 신체와 경계의 와해: 『타인의 얼굴』

이형의 신체는 유령이나 사물로의 변신과 같은 환상적 유형뿐 아니라, 우리 자신이나 가족, 가까운 이웃에게도 있을 수 있는 현실 속의 신체 유형이기도 하다. 기형의 신체가 그러한 예일 것이다. 신체적 장애에 관한 차별이 사회적 문제로 대두되기 이전에는 기형의 신체에 대한 막연한 공포감이 배제의 심리를 촉구했다. 앞서 언급한 아카사카 노리오의 『이인론서설』에서처럼 질서로서의 내부의 보존을 위해 혼돈으로서의 외부를 흔들며 침입하는 이인을 금기시하기 위한 심리가 여기에서도 움직이고 있다. 근거 없는 미신이나 소문이 기형의 신체를 둘러싸고 양산되면서 이형의 신체 소유자가 공동체로부터 배제되거나 스스로 그 존재를 숨기는 경우가 많았다.

이형의 신체로 변형되는 원인 중 가장 현실적인 이유일 수 있는 것은 사고에 의한 신체 손상일 것이다. 주로 이해할 수 없는 상황에서의 변형이 등장하는 아베 고보의 소설 중 『타인의 얼굴』은 비교적 예외적인 설정인 사고로 인해 '괴물'이 되어 버린 남자를 주인공으로 등장시키고 있다.

『타인의 얼굴』은 사고로 인한 신체 훼손으로 이형의 얼굴을 갖게 된 주인공이 자신이 일종의 경계선상으로 밀려났다고 여기게 되면서 시작되는 장편소설이다. 이 소설은 데시가하라 히로시 감독에 의해 영화화되기도 했다. 주인공은 실험 도중 사고로 얼굴에 심각한 화상을 입는다. 그는 이 사고로 얼굴을 잃어버림과 동시에 주위 사람들의 배제와 편견에 직면하게 된다. 그의 얼굴을 보고 겁을 먹거나 얼굴을 마주치지 않으려 하는 사람들의 반응에 상처를 입는 그는 자신의 분노를 가면을 통한 복수로 표출하고자 한다. 그는 흉한 얼굴을 감추기 위해 쓴 가면에 의해 자신이 새로운 인물이라고 착각하기도 한다. 사람들이 진짜 얼굴로 착각할 만큼 정교한 가면의 묘사와 이를 착용한 채 아내를 포함한 타인들과 맺게 되는 새로운 관계, 그리고 이에 대한 혼돈과 질투가 그려져 있는 작품이다.

아베는 일정한 경계에 둘러싸여 성립되는 주체의 아이덴티티와 그 경계를 해체하거나 벗어날 수 있는 가능성을 중요 문제로 다루는 작가이다. 『타인의 얼굴』에는 얼굴이 변형된 주인공이 조선 민족을 위한 서명운동을 벌이던 일본인들로부터 따돌림을 당하는 장면이 있다. 여기에는 정치적인 국경이나 민족, 인종이라는 경계 그 모든 것에서 밀려나 버리는 인물이 그려진다. 경계는 아이덴티티를 구축하지만 그에 의한 분절은 여기에서 밀려난 사람들을 경계선상으로 몰아낸다.

그림 15 신초샤 신초문고 『타인의 얼굴』 표지

주인공은 어느 날 오후 실험실 구석에서 머리를 모으고 있는 네다섯 명의 그룹을 발견하고 가까이 가 보니 그 중심에 있던 젊은 조수가 당황하여 무언가를 감추려고 하는 것이었다. 확인해 보니 거기에 감춘 것은 조선인들의 도항 문제를 위한 서명용지였다.

게다가 내가 별다른 추궁을 한 것도 아닌데 주절주절 사과를 하기 시작하면서 주위 녀석들도 겸연쩍은 표정으로 사태를 지켜보고 있다. (……) 과연 얼굴이 없는 인간에게는 조선인을 위한 서명을 할 자격도 없다는 것인가. 물론 조수에게 악의는 없었고 아마도 직관적으로 나를 자극할 수 있는 요소가 있다고 느껴서 오히려 연민의 감정으로 피한 것이리라. 처음부터 인간에게 얼굴이 없었다면 과연 일본인이라든가, 조선인이라든가, 러시아인이라든가 등 그런 인종차별에 의한 문제가 일어났을지 의심스럽다. 그렇다고는 해도 다른 얼굴을 가진 조선인에게 그만큼 관용적인 이 청년은 얼굴이 없는 나를 왜 이리도 격리하고자 하는 것일까? 인간은 진화의 과정에서 유인원으로부터 독립할 때 보통 말하듯이 손이나 도구에 의해서가 아니라 얼굴로 자신을 차별화해 온 것인가? (「他人の顔」, 『安部公房全集 018』, 469~470쪽)

이 서명운동 에피소드를 통해 주인공은 다른 천체에 살고 있을지도 모르는 외계인을 공상할 때조차 먼저 그 용모에 대한 억측부터 시작한다는 사실을 떠올린다. 민족적 특수성을 구분 짓는 얼굴의 특징, 피부색이라는 보이지 않는 벽이 이성적 판단에 앞서 가는 곳마다 막아서며 감성적인 배제를 일으킨다. 주인공은 일본인과 다른 얼굴을 지닌 조선인과 얼굴이 없는 자신을 비교 대상으로 계열화시킴으로써 인종 및 민족과 또 다른 경계에 의한 차별의 문제를 묻는다. 시각을 통해 감지된 '이상', 이형에 직면한 공포가 직감적이며 반사적인 신체적 반응으로 나타나는 것이다.

텔레비전 뉴스의 미국 흑인폭동 보도에서 백인 경찰이 검거하고 있는 찢어진 셔츠의 빈약한 흑인의 모습이 비치면서 아나운서의

사무적인 멘트가 흘러나온다. "길고 검은 여름을 맞아 우려되고 있던 뉴욕의 인종 소동은 관계자들의 예상대로의 결과를 보이며 할렘가에서는 헬멧을 쓴 흑인과 백인 경찰 500명 이상이 거리에 나와 1943년 여름 이래로 삼엄한 경계태세에 들어가 있다. 각 교회들은 일요예배와 함께 항의집회를 열고 경찰의 눈에도, 흑인 시민의 눈에도 서로 경멸과 불신의 빛이 나고 있다(「他人の顔」, 480쪽)."

이 뉴스를 본 주인공은 이 사이에 날카로운 생선뼈가 찔린 듯한 아픔과 짜증이 섞인 참을 수 없는 괴로운 심정이 된다. 그는 '나도 흑인들처럼 편견에 맞서 의연히 일어설 수 있을 것인가'라고 자문한다. 하지만 결국 이는 있을 수 없는 일이라고 생각하게 된다. '흑인에게는 서로 뭉칠 수 있는 동료가 있지만 나는 완전히 혼자이므로 개인의 틀에서 한 발자국도 벗어날 수 없기 때문'이다.

2. 이방인과 이형의 신체: 『기아동맹』

1) 히모지, 경계선 밖의 이방인

자신들이 소속된 공동체와 외부의 경계선 밖에서 온 인간에 대한 배타성은 권력적 서열을 산출한다. 강력한 힘을 가진 외부 세력에 대한 자신의 타자화가 진행되어 온 아시아의 역사적 상황 속에서는 그 내부에서도 끊임없이 타자화에 의한 분리와 서열화가 지속되어 왔다.

한반도가 한국전쟁기에 돌입한 무렵 일본의 사회정치적 상황을 배경으로 실패한 혁명조직의 이야기를 그린 아베 고보의 『기아동맹』
은 1954년에 간행된 장편 소설이다.

배경이 되는 하나조노花園는 M현縣 내에만도 세 곳이 있는 흔한
지명이다. 어디든 될 수 있고 지금 여기일 수도 있는 그런 이름인 것이
다. 여기에 그려진 세계는 아이젠하워 대통령에 대한 뉴스가 라디오
에서 흘러나오는 1951~52년경의 12월 중하순 무렵이다.

일본 공산당의 약체화가 진행된 1950년대 초에 쓰인 『기아동맹』
에는 권력 시스템을 묵인하거나 동조해 온 인간군상들이 등장한다.
이 시스템은 대중을 교육하고 시스템을 내면화시켜 왔다. 하나조노에
서의 '기아동맹'이라는 조직의 결성, 동맹의 지도자 하나이와 동맹원
들과의 관계, 마을 권력자의 존재는 이런 시스템의 내면화를 드러낸
다. 아베 고보는 혁명조직 자체를 괴물적인 것으로 이야기하면서 일
본 공산당과 같은 좌익조직 내부의 모순을 은유적으로 고발하고 있
는 것으로 보인다. 아베는 1962년에 제명된 일본 공산당의 당원이었
으며, 특히 이 소설에 그려진 1950년대 초반에는 공장지대에서 문학
서클의 조직과 운영 및 강연 활동을 활발하게 하고 있었다. 당시 아베
는 GHQ 통치기의 역코스에 의한 공산당 탄압 하에서 검열을 의식하
면서도 전후의 현실을 비판하고자 했다.

하나조노에는 타 지역에서 온 사람들을 히모지(이 책의 117쪽 참
조)라고 부르며, 히모지사마라는 귀신이 마을과 마을의 경계를 걸어
다니던 사람에게 씌어 그 사람은 저주를 받게 된다는 이야기가 전해
져 온다. 여기에서 이방인, 국경이나 지방의 경계 바깥에서 온 사람에

대한 배타의식은 '배고픔'이라는 부정적 단어로 표현되고 있다. 이러한 사실에서도 알 수 있듯이 약하면서도 불길한, 피하고 싶은 존재로서 히모지라는 타자상을 만들어 내고, 그러한 저주로부터 벗어나 있는 내부자로서의 자신의 위치에 안도감을 품는 동시에 이를 유지하기 위해 차별을 계속해 간다.

2) 변형된 신체와 떠돌이 동맹

'기아동맹'이라는 제목은 이야기 내에 등장하는 혁명조직의 이름이다. 이 조직의 리더 하나이는 마을에서 소문의 중심에 있는 인물이다. 그를 둘러싼 소문은 그에게 꼬리가 붙어 있다는 것이었다. 기형의 신체성은 자신의 의지와는 관계없는, 선택 불가능한 조건이지만 무엇보다 강력한 차별의 근거가 된다.

> 의혹이라는 것은 하나이 다이스케에 대한 묘한 소문이었다. 꼬리가 나 있다는 것이다. 작은 종기 정도로 주의해서 보지 않으면 눈치채지 못한다고는 하지만, 꼬리가 나 있다는 것만으로 이미 그 크기의 대소 여부는 문제가 아닌 것이다. 그러나 물론 본 사람이 있는 것은 아닌 듯하다. 소문이 소문을 낳아 전설이 되었다는 편이 정확할 것이다. 하나이가 초등학생 시절에 신체검사 받기를 거부하다가 결국 담당 교사에게 덤벼들었다는 소문이 있다. (『安部公房全集 004』, 96쪽)

그림 16 신초샤 신초문고 『기아동맹』 표지. 그림 아베 마
치

하나이에 대한 소문은 그의 신체적 특이성에서 기인하지만 이런
차별담론에는 이형에 대한 공포심이 결부되어 작용한다. 근대의 인간
들은 소위 근대적 자아를 발견함과 동시에 그 자아의 이성에 의해 안
쪽에 있는 것과 바깥쪽에 있는 것을 구획(경계) 짓는 힘 또한 발명했
다. 인종이나 민족을 구별하는 정확한 의학적 근거는 희박함에도 우
생학적 논리는 강화되어 제국주의 국가들에 의한 식민지 지배에도 적
용되었다. 자신이 속한 장소에 경계선을 긋고 그 안에 자신과 비슷한
무리들과 머무름으로 인해 얻을 수 있는 안심감의 선택은 자신과 다

른 신체를 지닌 인간에 대한 공포나 혐오로 나타났다. 그리고 이와 동시에 경계선상의 존재를 괴물적인 것으로 인식하고 배타시한다. 그 공포는 사실 확인이 불가능한 전설이나 소문 수준의 이야기로 확장되어 배제의식을 강화시킨다. 이러한 논리는 한센병 환자와 유아 살해를, 또는 현대의 동성애자와 AIDS 감염 문제를 일체화한 시스템에도 공통되는 것으로 볼 수 있을 것이다.

하나이는 같은 히모지로서의 문제의식에 호소하며 동맹원들을 모으는데, 그는 이 소집단 내의 최고권력자로서 다른 동맹원들 위에 군림한다. 동맹은 화폐가 없는 이상적 세계를 혁명의 목표로 하지만 그 운동자금을 모으기 위해 화폐에 구속되어 버린다는 모순이 생겨난다. 그리고 이 과정에서 오리키 준이치織木順一가 하나이에 의해 신체를 점유당하는 사건이 일어난다. 이 과정에서 신체가 기계화·도구화되는 오리키도 신체적 특성을 이유로 차별당해 온 인물이다.

나는 부모님이 조선으로 건너가는 도중에 배 안에서 태어났습니다. 아버지는 조선에서 3년간 순사를 했습니다. (……) 아버지는 4척 8치, 어머니도 4척 7치의 작은 체구였습니다. 하나조노에서는 떠돌이를 '히모지'라고 했는데 여기에 '치비'라는 말을 붙인 히모치비라는 것이 부모님의 별명이었습니다. (『安部公房全集 004』, 128쪽)

신체성이라는 면에서 하나이와 오리키는 같은 약자이다. 오리키는 전쟁기의 과학실험 대상으로 이용당한 과거를 갖고 있다. 하나이는 마을 유지인 다라네多良根의 홍보수단으로서의 장학금을 받은 이후로 그의 수하로 일해 왔다. 하나이는 히모지라고 멸시받으면서도 근무처인 공장에서는 감시역을 맡고 있으며 동맹 내에서는 절대적 권력을 갖고 있다.

다른 동맹원들도 떠돌이로 차별받으며 억압당한 이들이다. 극단이 해체되고 일을 찾아 하나조노에 온 인형극 장인 야네矢根도 하나조노의 타자적 존재로서 기아동맹원이 된다. 그는 하나이가 근무하는 캐러멜 공장의 홍보역을 맡게 되는데 실상은 가두에서 아이들에게 연극을 보여 주고 케러멜을 파는 일이었다. 권력의 최하위인 야네가 화단에서 국화를 한 송이 꺾는 것을 본 하나조노 역의 역장은 그가 떠돌이가 아닌가부터 의심한다. 이 마을 사람이라면 그런 심한 일을 할 리가 없다는 것이다. 그러고는 "이 히모지 자식아!"라고 고함을 친다. 동사무소의 가키이도, 그리고 보건소에 부임해 온 모리森도 의사라는 비교적 중상위 계층에 속함에도 히모지 취급에서 자유롭지 못하다.

타자를 내부에 받아들이는 것에 의해 그 타자성–외부성을 확립시키는 방식은 사회 각처에서 행해져 온 일종의 지배수단이다. 신분이나 사회계층, 젠더, 민족 등의 레벨에서의 타자화에 의한 차별은 질서의 중심(광의의 권력)을 성립시키기 위해 개인 혹은 소수집단을 배제하는 것이다. 배제된 자는 공동체의 복수의 자아(제이자)에 대해 제삼자이며(이를 제삼항 배제 혹은 희생양scapegoat 메커니즘이라 한다), 이 논리는 추상적인 형식을 취해 상품과 화폐의 관계에서도 상징적으로 보인다.

3) 이방인 의식과 동맹: 하나조노의 권력구도와 기아동맹의 혁명론

『기아동맹』의 무대 하나조노는 20년 정도 전의 대지진으로 온천이 사라져 쇠퇴해 버린 마을이다. 이곳에서 마을의회 의원 보궐선거가 치러진다. 하나조노는 현 마을대표 다라네(캐러멜 공장 사장, 도서관 창립자, 관광협회 회장 겸임)와 의사인 후지노 형제를 중심축으로 권력구도가 형성되어 있다.

일본에서 처음으로 캐러멜을 만든 것은 1899년 모리나가 제과인데 지금처럼 상자에 든 캐러멜이 발매된 것은 1914년이다. 사타 이네코佐多稲子는 1928년작 소설 「캐러멜 공장에서」キャラメル工場から에서 열악한 노동 조건에서 일하는 소녀의 일상을 그렸다. 태평양전쟁에 돌입한 이후로는 설탕 부족 때문에 캐러멜 제조가 어려워졌다. 패전 후에 본격적으로 밀크캐러멜이 제조되어 판매된 것은 정부의 업무용 설탕 배급 개시와 동시에 유제품 통제를 철폐한 1950년 4월경이다.

다라네는 처음부터 장학금의 수여 대상이 선정되지 않을 것이라고 생각했기 때문에 하나이가 장학생으로 결정되었을 때 꼬리에 대한 소문을 이유로 일본인이 아닐지도 모르는 녀석에게 장학금을 줄수 없다고 한다. 그 과정에서 하나이는 다라네에게 복수심과 굴욕감을 품게 된다. 하지만 이런 감정은 점차 두려움으로 정착해 간다. 이 두려움은 그를 극단적 찬미자로 바꾸지만 다라네와 후지노의 결탁은 그를 다시 증오로 이끈다. "사람대접을 해 주면 금세 이런다니까"라는 다라네의 발언은 하나이의 종속적 위치를 드러낸다. 다라네는 외동딸을 현 내 최대 삼림지주의 아들이자 공무원인 아나바치穴鉢에게 시집보내고서 아나바치 건설의 중역 자리를 차지한 후 1947년의 제1회 선거에서 마을대표가 되었다. 아나바치 건설이 S시에서 히라카타平方를 통해 하나조노를 지나 M기지에 이르는 도로공사까지 맡게 되어 이제 다라네는 명실상부한 독재자이다.

개업의 후지노藤野는 하나이와 달리 건장한 큰 체구의 남자로 처음 하나이에게 꼬리가 달려 있음을 폭로한 장본인이었다. 후지노는 제재소를 세우기 위해 다라네로부터 고개에 있던 지소地所를 사들여 하나이 일가를 쫓아낸 원흉이다. 그리고 그의 남동생은 하나이의 누나를 성폭행까지 했다. 후지노 형제는 당시 드넓은 삼림을 포함하여 마을 토지의 6할을 소유하고 있었으며 마을의 유일한 개업의로서 마을 사람들의 생명의 관리자이기도 했다.

이 양대 세력은 서로 권력의 암투를 벌이지만 타협과 묵인으로 그 균형을 유지할 뿐 권력의 하부에서 올라오는 도전은 용납하지 않는다. 이렇게 권력은 토지, 행정, 군사, 인간의 신체까지 관리한다. 하나이에게 꼬리가 나 있을지 모른다는 이유로 그를 '일본인이 아닐지도 모르는 자'로서 간주하며 그의 이형의 신체를 동일 민족 혹은 국민으로서의 혜택을 받을 수 있는 대상에서 배제해 버린다.

일본의 패전과 혁명론

일본의 패전 이전에 언급된 혁명의 최대 표적이 천황제였다고 한다면 전후에는 점령군이었다. 그렇지만 사회당은 천황제 하의 사회주의 혁명을, 공산당은 점령 하의 평화혁명을, 노농파労農派(1920년대 이후 일본 공산당과 대립해 온 사회주의자들 그룹인 노농파)는 점령군은 제쳐 둔 사회주의 혁명을 주장했다. 혁명상의 중요 사항인 천황제 문제가 혁명전략론에서 제외되었기 때문에 혁명 논쟁의 논리적 진행은 불가능해졌다. 일본 공산당은 1945년 11월 제1회 전국 협의회에서, 연합군을 전제주의와 군국주의로부터 세계를 해방하는 군대라고 규정하고 그들의 일본 주둔에 의해 민주주의적 변혁의 단서가 열렸다고 하는 행동강령 초안을 제시했다.

1947년에는 기본적 방침은 철저한 부르주아 민주주의 혁명과 동시에 사회주의 혁명에의 과도적 임무 수행이라는 절충적 결단을 채택한다. 전쟁책임 문제에 연결되는 천황제, 점령군에 대한 논리의 결여라는 사상적 결함은 1950년 이후의 GHQ에 의한 공산당 탄압기를 통과하면서 당 내부의 전략적 논리 부재라는 사태를 불러 결국 대중의 지지를 잃고 당 내부는 혼란에 빠진다.

하나이에 의해 결성된 기아동맹은 이러한 당시 일본의 반체제 세력의 상황, 특히 공산당의 혼란을 풍자적이자 은유적으로 그리고 있다. 여섯 명의 동맹원은 하나이의 권유로 가입하지만 동맹의 조직 구성이나 활동 목표, 동맹원들에 대한 정보도 제대로 알지 못한다. 동맹을 주도하는 것은 하나이지만 그의 논리는 모순적이다. 이전에 돈은

독, 권력은 악, 노동은 죄라는 아나키즘적 발언을 했던 하나이는 "동맹이 제대로 운영되지 못한 것은 자금이 부족해서"라고 하면서 지열발전소 경영을 제안한다. 하나이는 동맹과 동맹원들 사이의 점과 같은 존재이며 구체적인 발언은 아무것도 하지 않는다. 마을의 보스들과 마을 행정을 비난할 뿐 구체적 분석이나 방안을 내놓지는 않는 것이다. 혁명을 해야 한다고 할 뿐 그것을 어떻게 수행할 것인지도 제대로 설명하지 않는다. 동맹원들이 이 부분에 대해 질문을 하려고 하면 불쾌한 표정으로, 때가 오면 본부는 '자네'의 행동을 필요로 할 것이니 조직을 신뢰할 것을 요구할 뿐이다.

하나이는 논리의 빈약함에 비해 강한 권력을 갖고 있는데 이를 다시 보면 동맹원들이 그 독단에 대해 소극적으로 대체하고 있다고도 할 수 있다. 반론을 제기하는 이가 적으며 간혹 나온다고 해도 일회적인 것으로 의견을 끝까지 개진하는 이가 없다. 실제로 정부의 가혹한 탄압 속에서도 전향하지 않은 비전향 신화의 주인공이었던 일본 공산당 지도부의 권위에 대해서도 적극적으로 이의를 제기한 당원들은 적었다. 이러한 상황 속에서 지도부의 부적절한 현실인식과 독단은 공산당의 약체화를 가속화시켰다.

하나이의 혁명 논리는 양대 권력자를 분열시켜 기존 권력구도를 타파하려는 것이었다. 오리키의 유서를 읽게 된 하나이는 오리키를 이용한 지열발전 사업이 혁명을 위한 유력 사업이 될 것이라고 판단하고 이 사업을 진행하려 한다. 여섯 동맹원이 모인 최초의 회합에서 하나이는 이 동맹이 좌익도 우익도 아니며 사상의 부정이라고 발언한다. 그리고 모리가 그럼 아나키즘이 아닌가 지적하자 하나이는 그런 것은 중요하지 않으며 중요한 것은 행동이라고 주장한다. 하나이의 비논리성은 동맹을 불합리적으로 만들고 동맹은 점차 해체되어 간다.

하나이는 히모지로서 차별받아 왔지만 회사에서는 하급 관리직의 업무를 맡게 되어 사장의 하수인 같은 존재이다. 사장은 그에게 노조관리 책임까지도 추궁한다. 하지만 하나이는 기아동맹을 결성하여 혁명을 도모하는 과정에서 스스로 독재자적 위치에 군림하고자 한다. "이건 나 혼자 말하는 게 아니야. 내 입은 마을 사람 1만 2천 명의 입을 대표하고 있지." 민주화를 외치는 조직 내부의 비민주성 및 비논리성이라는 측면에 주목하여 이 이야기를 읽으면 공산당의 내부 비판 문제로 연결된다. 1962년에 아베 고보가 공산당에서 제명된 것은 이러한 맥락에서의 반발과 무관하지 않을 것이다. 당시 공산당의 무장투쟁 노선은 경찰의 탄압을 불러온 것뿐만 아니라 과격 조직으로 이미지를 악화시켜 지지율이 하락했다. 기아동맹에서도 하나이의 지시에 의한 과격한 내용의 인형극을 상연하지만 아이들에게 맞지 않는 폭력적 내용은 반감을 불러일으킨다. 결국 학부모 모임에 의해 인형극 담당 야네는 추방당하게 된다. 이러한 상황과 조직 분열 사태에는 패전 후 일본 공산당 내부 모순의 일면이 오버랩되어 있다.

4) 기계화한 신체가 말하는 권력의 내면화와 르상티망

생체병기 오리키와 만주 731부대의 인체실험

오리키는 20년 만에 마을로 돌아온다. 동맹이 결성된 지 일 년이 될 무렵이다. 눈이 내리는 하나조노 역에 도착한 오리키. 그는 텍스트 속에서 자신의 의지대로 움직이지 못하는 대표적인 인물이다. 그는 자신이 이용당하고 있을 뿐 죽은 것과 마찬가지라고 말한다. 오리키에 대한 정보는 명함과 유서를 통해 주로 제시되는데 그는 자살을 결심하고 유서를 준비한 것이었다. '쓴다는 행위는 모든 인간의 행위 중에서 가장 인간적인 행위다. 왜냐하면 그것은 자신을 지배하는 것이기 때문이다.' 텍스트의 2장 첫 부분의 오리키 유서 중에 나오는 문장이다. 자신의 인체가 기계로 사용되는 현실 속에서 자기 스스로를 지배할 수 있는 유일한 방법은 유서를 쓰고 자살을 시도하는 것, 즉 자신의 죽음을 지배하는 것뿐이었다. 오리키는 스스로는 지배하지 못하는 인물이다. 자신의 신체를 매일 두 시간씩 충전시키고, 도구로서 착취하는 하나이를 비판하려 하지도 않고 그저 이해하려 한다.

오리키라는 인물의 과거 이야기가 유서 형태로 삽입되어 있는 점은 일본의 역사적 특수성과 불가분의 관계에 있다. 1949년에 학도병들의 유서를 모은 『들어라, 해신의 목소리를』聞けわだつみのこえ이 출판되었고 1953년에는 B·C급 전범의 유서를 모은 『세기의 유서』世紀の遺書가 출판되어 세간에 충격을 주었다. 러일전쟁 이래로 영령英霊이라는 것이 애국을 상징하는 신성한 것으로 모셔지기 시작했는데 작위적

으로 형성된 영령은 결국 국가에 의해 동원된 사람들이 그 사후에도 동원 해제되지 못하고 국가적 목적에 이용되고 있는 측면이 크다. 야스쿠니 신사의 예에서도 보이듯이 영령과 이를 모시는 시설은 현실의 모순을 은폐하기 위해 사용되는 경우가 많다. 영령이란 현실의 모순을 은폐하기 위한 쉘터로 이용된다.

오리키의 유서를 읽고 그의 과거와 신체적 특이성에 대해 알게 된 하나이는 헥산이라는 약물을 사용하여 오리키의 신체를 인간 계기판으로 이용하여 온천개발을 위해 지열을 측정한다. 오리키는 열다섯 살에 마을을 떠났다. 뉴스의 내용에서 추정되는 이야기의 배경은 1952년 말에서 1953년 초, 그가 마을에 돌아온 게 20년 만인 것을 생각하면 오리키가 태어난 것은 1917년이다. 1917년은 해군용 과학병기 회사 일본 광학공업이 설립된 해이기도 하다. 이와 같은 해에 오리키는 조선도 일본도 아닌 그 사이의 경계선상인 동해상의 배 안에서 태어났고 결국 그의 신체는 과학병기로 이용된다. 치치부라는 박사에 의해 인체를 이용한 병기개발에 인체실험용 대상으로 이용, 개발되던 오리키는 독일의 부첼 박사에게 위탁되어 '재가공'된다. 독일에서는 우수한 인간 계량기가 되어 분리전극 측정법의 간이 실용화를 성공시킨다.

아베 고보는 오리키 준이치를 착취당하고 억압된 인물로 그리면서 전쟁 시 인체실험과 무기개발 문제를 다루고 있다. 아베가 자란 구 만주국에서는 731부대에 의해 인체실험이 행해졌다. 이시이 시로 石井四郎라는 인물은 1932년 군의학교 내에 방역연구실(후에 세균부대의 중추 기관이 된다)을 설치했고 다음 해 하얼빈 교외에 731부대의 전신이 발족했다. 관동군 방역급수본부라는 이곳은 1945년까지 세균병기의 연구개발을 수행했다. 이곳에서 조선인, 중국인, 러시아인 등이 인체실험으로 학살당했다. 일본의 패전 후 진행된 전범재판에서 GHQ는 이 부대의 데이터를 넘겨받는 조건으로 인체실험 및 학살을 묵인하고 일체의 책임을 면제했다.

하나이는 오리키의 신체를 이용한 지열 측정 도중에 맥박이 120을 넘고 혈압이 80 이하가 되고 밖에 나가면 눈이 부시고 손톱에 반점이 생기기 시작하면 바로 헥산 투여를 중지하기로 한 약속을 어기고 무리하게 계획을 진행시킨다. 오리키의 가족은 신체적 특이성으로 인해 하나조노의 타자적 존재로 무시당해 왔다. 하지만 식민지에 건너간 재조 일본인이라는 위치에서는 식민지의 조선인들을 타자로서 바라보는 일종의 지배자적 위치에 설 수 있었다. 이러한 권력의 상대성은 하나이와 타 동맹원 사이의 관계에도 보인다.

약자 집단 내의 재차별: 재일 조선인과 일본 공산당

사회에서 괴물로 차별당하는 약자 중에서의 재차별은 일본의 조선인 노동자들의 예에서도 찾아볼 수 있다. 전쟁기에 다수의 노동자가 강제 연행되어 탄광에서 노역에 종사했다. 일본인 노동자들은 이들을 차별했지만 자신들 또한 열악한 조건 하에서 고위직들에게 차별받는 존재였다. 전후 일본의 노동조합운동은 조선인 노동자들의 노조운동으로부터 많은 영향을 받았다. 사회적 약자들을 대변한다는 공산당의 논리에서 보면 재일 조선인들에 대한 입장은 매우 모순적이었다. 1945년에 재일 조선인의 숫자는 강제 연행자를 포함하여 240만 명 이상이었다. 일본에 있는 조선인이 주체인 공산주의운동조직은 1920년에 유학생을 중심으로 재도쿄 조선인 고학생 동우회가 결성된 이후로 흑우회黑友会, 북성회北星会 등의 사회주의단체가 일본인의 공산주의운동과 연대하면서 동시에 조선의 공산주의운동의 통일을 목표로 했다.

1926년에는 조선 공산당 일본부가 도쿄에 조직되는데 특고特高에 의한 탄압이 계속되었다. 이러한 상황에서 코민테른의 '일국일당一国一党 원칙'이라는 곤란한 조건이 더해졌다. 일본 공산당은 재일 조선인의 전 운동조직의 해체를 강요하고, 1931년에 조선 공산당 일본총국은 해체성명을 발표했다. 재일 조선인 공산주의자가 일본 공산당에 본격적인 입당을 시작한 것은 1932년부터로, 재일 조선인 당원은 당 중앙본부를 비롯하여 각 지방에서 활동했다. 이러한 경력을 가진 이들이 1945년 일본의 패전 후에 정치범 석방운동 촉진연맹 등을 조직하여 활동했다. 1946년 8월에 개회된 일본 공산당 제4회 확대중앙위원회에서는 '조련朝連은 가능한 한 하부조직의 노골적인 민족적 경향을 억제하고 일본의 인민 민주혁명을 지향하는 공동투쟁의 일환으로 그 민족적 투쟁 방침을 내세우는 것이 필요하다'는 요지의 8월 방침이 결정된다. 이는 조선인 혁명 투쟁조직을 일본 공산당의 하부조직으로 흡수할 뿐인 조치로 전후 조선인을 일본의 소수민족으로 간주하고 있었기 때문이다. 1947년 3월 일본 공산당 중앙위원회 서기국은 이러한 입장에서 '조선인의 활동 방침'을, 같은 해 9월에는 '조선인 운동의 강화를 위하여'를 발표했다.

1948년 4월에 재일 조선인 학교의 폐쇄 조치에 반대하는 집회가 각지에서 열렸다. 이는 미국 측의 좌파세력 탄압노선과 일본 정부의 동화同和 차원의 조치였다. 그러나 일본 공산당은 조선인 학교의 폐쇄 반대운동을 전개하는 조선인들에 대한 지원에 소극적이었을 뿐 아니라 당 중앙위원회 서기국에서 다음과 같은 지시가 내려지기에 이른다. ① 이 폭동사건에 대해 여론은 우리 당의 지도에 의한 것처럼 받아들이지만 총선거를 앞두고 이는 매우 유감이다. ② 먼저 조련의 문제는 이차적으로 다루도록 지시했는데 이 사건의 전략전술의 무능함에는 심히 유감이다. (……) ③ 조직책의 지도에 의해 행동하고 5월 말까지 모두 보고하라.

위의 지시에서는 폭동이라는 표현을 사용하여 공동투쟁이란 조선인의 이익을 위해서는 적용되지 않음을 나타내고 있다. 같은 해 8월의 추보追補에는 '조선인 그룹만의 회의에는 일본인 당우 지도자를 초빙한다', '당의 회합에는 일본어를 사용하라!' 등의 항목도 포함되어 있었다.

1945년 10월 옥중에서 해방된 도쿠다 규이치德田球一나 미야모토 겐지宮本顯治 등의 공산당 간부는 성명 「인민에게 호소한다」人民に訴う를 발표하고 천황 타도를 내세웠다. 그러나 그들이 호소한 것은 내셔널리즘의 부정이 아니라 '진정한 애국'真の愛国이었다. 공산당의 민족주의적 노선과 한국전쟁이라는 정세는 결국 재일 조선인 단체의 일본

공산당으로부터의 분리를 초래했다. 이렇게 하여 1955년에 조선총련 朝鮮総連이 설립되었다.

　권력은 계속해서 분화한다. 그러나 거기에는 항상 기존의 권력구조—상징화된 지배언설이 부성적父性的인 것으로서 내면화되어 있다. 약자는 강자를 원망하고 대항하려 하지만 강자의 논리는 뿌리 깊으며 이에 대한 도전은 쉽지 않다. 약자로서 강자에 대항하는 논리 속에도 그 약자 집단 내의 권력자, 권력집단이 등장한다. 그리고 자신들이 비판하고 있었던 강자의 논리와 유사한 형식으로 새로운 순응의 방향이 제시된다.

니체와 르상티망과 일본의 전후

20세기 근본적 문제 중의 하나였던 혁명에서도 이러한 인간의 마음이 이용되었다. 여기에는 르상티망ressentiment의 원리가 움직이고 있다고 할 수 있을 것이다. 르상티망이란 원한, 적의라는 뜻으로, 니체는 『도덕의 계보』에서 기독교 등 인류를 구원하는 것을 목적으로 하는 '구제종교'救済宗教를 분석하면서 이 개념에 대해 언급했다. 르상티망은 약자가 강자에 대해 품는 굴절된 반감, 어쩔 수 없다는 체념의 감각에 가까운, 약한 자신을 긍정하기 위한 논리다. 니체는 유럽 사회의 도덕적 가치관은 약자의 강자에 대한 르상티망에 의해 생겨났다고 말했다.

　도덕에 있어서의 노예 봉기는 르상티망 자체가 창조적이 되어 가치를

창출할 수 있게 될 때 비로소 일어난다. 다시 말해 진정한 반응, 즉 행위에 의한 반응이 거부당하고 있기 때문에 오직 상상의 복수를 통해 이를 채우려는 자들의 르상티망이다. 모든 귀족의 도덕은 자신에 대한 긍지와 긍정에서 태어나는 것에 반해 노예 도덕은 처음부터 외부의 것, 자신이 아닌 것에 대해 부정한다. 즉 이 부정이야말로 창조적 행위다. 가치를 정하는 시선의 역전—자신으로 돌아감 없이 외부로 향하는 이 필연적 방향—이야말로 진정한 르상티망 고유의 특성이다. (ニーチェ, 『善惡の彼岸·道德の系譜』, 393쪽)

여우가 포도에 손이 닿지 않았을 때 "저건 신포도였을 거야"라고 스스로 말하고, '달콤한 것을 먹지 않는 것이 바른 삶'이라는 자신의 정당화를 위한 가치전도가 일어나는 것이 바로 니체가 문제시한 의미에서의 르상티망이자 권력 시스템의 내면화가 이루어지는 하나의 원리다. 『기아동맹』의 오리키는 자신을 착취하는 하나이를 비판하려 하지 않고 단지 이해하려고만 애쓰며 르상티망의 문제에 빠진다. 이러한 르상티망은 러시아나 중국의 혁명에 대한 일본 공산당의 자세에도 나타났다.

르상티망 문제에서는 오직 한 사람, 즉 사제의 역할이 주목되어야 한다. 타인, 외부를 향해 형상되는 원한이 사제에 의해 내부로 향해질 때 이것은 죄가 있는 인간으로서의 기독교적 규율로 성립된다. 이 전환은 자기규제나 강제적 사회규범으로 작용한다. 이 논리를 볼 때, 일본 공산당의 비전향 지도자는 전향자 및 일반의 당원에 대해 사제로서 기능했다고도 할 수 있을 것이다. 개혁의 대상이었던 낡은 도덕 체계를 쌓아 온 르상티망과 사제의 논리는 세계를 변혁하려 한 집단 속에서 반복된다. 이는 1950년대의 일본 공산당뿐만 아니라 중국과 소련, 북한에서도 그러했으며 한국의 민주화 투쟁 과정에서도 예외는 아니었다. 변혁에는 변혁의 철학과 함께 이러한 부작용을 막기 위한 수단이 반드시 요구된다.

또한 전후 일본의 또 하나의 르상티망은 일본인들이 패전으로 미국에 대해 품게 된 것이다. 이것이 일본의 좌익이 사회주의 혁명을 달성한 러시아나 중국에 대해 품은 르상티망과 길항하며 현대에까지 이어져 오고 있다.

고모리 요이치小森陽一가 『1945년 8월 15일 천황 히로히토는 이렇게 말하였다』天皇の玉音放送에서 명확히 했듯, 패전 후 일본에 대한 미국의 전략에는 천황의 면책 문제와 야스쿠니신사 참배 문제가 긴밀하게 연동되고 있다. 이러한 구조는 현재에도 계속되고 있는데 총리의 야스쿠니 공식 참배 문제도 같은 논리 위에 서 있다고 할 수 있을 것이다. 전사자를 영령으로 만듦으로써 천황이 살아남는 길을 고안한 GHQ와 천황의 측근이 만든 논리는 일본의 우익 정치세력에 의한 야스쿠니 공식 참배 지지 및 교과서의 기술 문제와 맞닿아 있다. 어떠한 죽음도 야스쿠니신사에 합사되면 일본(천황=국체)을 위해 목숨을 바친 영령으로 만들어 낼 수 있는 것이다. 오리키의 유서는 당시 일본에서 발행되었던 전몰자들의 유서집(『聞けわだつみのこえ』, 『世紀の遺書』)처럼 이러한 논리구조 위에서 일종의 지배언설 및 권력에 의해 이용된 것이다.

존 다워는 『패배를 안고서』敗北を抱きしめて에서 미국의 대일정책과 근대화 및 민주화 논리는 공범관계에 있다고 논했다. 패전 후 일본에서 미국의 목표는 ① 좌익 진영의 신용을 잃게 하는 것, ② 평화주의와 재군비의 기운을 말살하는 것, ③ 아시아 각국에 일본의 사회적 우월성을 느끼게 하여 일본인을 자본주의 진영으로 유도하는 것, ④ 이를 위해 심리학적 프로그램을 덧붙인 교육을 침투시키는 것, 그리고 ⑤ 일본을 중국의 카운터 모델로 불안정한 아시아의 발전도상국들에게 제시하는 것이었다. 이러한 대일정책이야말로 각국에 강제된 근대화와 민주화 이론의 원형이다.

전쟁에서 패배한 일본이 품는 미국에 대한 르상티망은 미국의 이러한 정치적 정책에 의해 강화되었다. 아시아에서의 우월성에 만족하면서 같은 구조 안에서 민주주의와 산업기술 분야에서 미국의 우월성을 확고한 모델로 인정하게 된다. 『기아동맹』은 물론 『제4간빙기』까지 아베 고보의 1950년대 집필 소설에서는 미국에 패배한 일본의 르상티망이 그 기저에 위치해 있음을 읽어 낼 수 있다. 그리고 그 안에 정치가와 자본가, 그리고 과학자라는 세 가지 카테고리의 권력을 쥔 인물들과 미국의 연관성이 표상되어 있다.

5) 이형의 존재를 감싸 안는 결말의 변환

개정판 결말부의 변환

『기아동맹』의 결말부 내용은 초판과 개정판에 있어 전혀 다른 양상을 보인다. 초판에서는 의사 모리가 하나조노를 떠나간다.

> 오리키가 죽고 하나이가 발광하고 두꺼비다 배반하고 야네가 떠나고 그리고 지금 모리도 떠났다. 이렇게 기아동맹은 소멸했다. 다만 하나이는…… 혁명의 지령을 계속 내리고 있다고 하는데…… 올해도 다시 다라네가 마을대표가 되고 치치부 박사는 지열연구소장이 되어 마을에 남게 되었다고 한다. 아마도 제2, 제3의 오리키가 제조될 것이다. 그러나 이런 것은 또 다른 이야기다(『安部公房全集 004』, 223~224쪽).

하지만 개정판에는 다음과 같은 문장이 추가되어 있다.

> 모리는 생각했다. 정말이지 현실만큼 비현실적인 것은 없다. 이 마을 자체가 마치 하나의 거대한 병동과도 같다. 아무래도 정신과 의사가 나설 자리는 없는 듯하다. 우리에게 남겨진 일이라고는 겨우 현실적인 비현실을 감싸 안고 보호해 주는 것이 아니겠는가. 모리는 사람들의 틈을 떠나 걷기 시작했다. 그러나 역으로 향하지 않고 방금 걸어온 길로, 다시 한 번 진료소 쪽으로……. 새로운 근무처가 정해질 때까

지 어차피 한가할 뿐이다. 상처투성이가 된 기아동맹에 적어도 붕대 서비스 정도를 해 주는 일 이외에는 할 일도 없다. 모리는 비로소 자신이 기아동맹원이었던 것을 순순히 인정하고 싶다는 마음이 들었다. 제정신도 광기도 모두 영혼의 속성에 지나지 않는 것이다(『飢餓同盟』,229쪽).

모리는 우월감—계급, 지적 레벨, 중앙·지방이라는 출신지 등—을 갖고 하나조노 사람들을 바라보고 있었다. 그는 계급적으로 우위에 있었지만 무력감을 느끼는 상태가 계속되고 있었다. 초판에서 16년이 지난 1970년의 개정판에서 모리가 바라보고 있는 상처투성이의 기아동맹, 그리고 아베 고보 자신이 1962년에 제명된 일본 공산당은 어딘가 닮아 있다. 마지막까지 적극적으로 참가하지 않았지만 결국 자신이 기아동맹원이었음을 순순히 인정하고 싶어진 모리가 진료소로 돌아가는 모습을 아베는 개정판에 그려 넣었다.

스스로 공산당원으로 '인민문학'人民文学 활동에 참가했던 상처투성이의 1950년대를 뒤돌아보는 아베 자신의 위치가 여기에 대입되어 있는 것이다. 『기아동맹』을 발표하기 전년도 작품인 『벽이 두터운 방』壁あつき部屋(1953년 10월에 공개)의 시나리오는 스가모 구치소에서 복역하고 있는 아시아태평양전쟁 전범들의 이야기로 전쟁책임 문제가 중점적으로 다루어지고 있다. 그리고 전범들 중에서도 가장 경계적 존재인 조선인 전범의 목소리에도 귀를 기울이고 있다는 점이 특징적이기도 하다. 그 후 단편 「패닉」パニック(1954) 및 「R62호의 발명」 (1953) 등의 소설에서는 해고에 의한 실업과 같은 패전 후 일본 사회의 노동 현실의 문제를 다루기도 했다.

1950년대에 아베 고보는 전후 일본 사회의 모순과 혼란의 근저에 는 전쟁책임의 철저한 추궁이 이루어져 있지 않았다는 문제, 약자가 착취되는 상황이 전쟁 중에서 전후까지 지속되고 있다는 점, 책임을 물어야 할 권력층이 패전 후에도 여전히 권력을 쥐고 있는 부조리한 상황을 응시하고 있었다. 이러한 문제를 적극적으로 제기한 공산당 또한 기존의 권력구조를 모방하면서 50년 문제50年問題를 둘러싼 분 열을 통해 약체화되었다. 이러한 시기에 쓰인 『기아동맹』은 전전과 비 교해서 겉모습이 바뀌었을 뿐인 전후의 권력체계 속에서 새로운 부성 에의 종속이라는 정신적 동향에서 비롯되는 새로운 권력체계와 그 해 체의 이야기로 읽을 수 있을 것이다.

아버지의 이름 배제

프로이트는 1903년에 출판된 슈레버의 『한 신경병자의 회상록』을 읽 고 이후에 정신병 증례의 고전이 된 파라노이아론「자전적으로 기술 된 편집증의 한 증례에 대한 정신분석적 고찰」을 발표한다. 프로이트 는 이 논문에서 슈레버의 동성애 욕망을 강조하고 그 방어가 광기 속 에 있는 과대망상을 조건 짓는다고 설명했다. 그때 동성애 욕망에 대 한 방어가 바로 무의식의 언설에 있어서 부정으로 표출되는 것, '남자 인 나는 남자인 그를 사랑한다'는 언표의 부정 방식이야말로 편집증

언설 표출의 기초이다.

　라캉도 1956년에 이『회상록』을 중심 테마로 한 세미나를 진행하고 그 성과를『에크리』중의 논문인「정신병 치료를 가능하게 하기 위해 치료에 앞서 물어야 할 문제에 대해서」에 썼다. 라캉은 우선 프로이트가 편집증의 기제로 지적한, 내적으로 제거된 것은 외부에서 회귀한다는 명제를 거론하며 내적으로 제거된 것을 프로이트 텍스트의 배제 개념에 연결시키고 슈레버의 '아버지의 이름 배제'를 분석했다. 라캉은 정신병적 망상의 형성을 레비―스트로스와 소쉬르 등의 영향 하에서 독자적으로 전개한 시니피앙 이론의 견지에서 설명했다. 라캉과 프로이트가 말하고 있듯이 지각에서 무언가가 언어화될 가능성(심볼화)을 빼앗기고 배제되는 사태는 소위 기호화되지 않는 기호화가 일어난다는 의미에서의 시니피앙의 생성과 관련되어 있다. 그곳에서 배제된 것이 망상으로 현실계에 나타난다고 편집증적 망상의 출현을 설명할 수 있다.*

---

* 라캉의 슈레버론에서 한 가지 더 중요한 점은 아버지의 이름에 앞서서 어머니의 욕망이 주목된다는 점이다. 부권적 사회구조 하에서는 아버지의 문제란 사회 구성 그 자체의 문제로 나타난다. 그곳에는 통상적으로 주체에게 요청되는 아버지의 메타포라는 것은 어머니가 품는 팔루스(Phallus)를 향한 욕망이 게재되어 비로소 성립되는 것이다. 하지만 그 아버지의 메타포 성립이 실패해 버리면 아버지의 이름이 한 번도 타자의 자리에 위치 지어지지 못하는 사태가 벌어지는 것이다. 이것이 '아버지의 이름 배제'라는 사태이며 그곳에서 정신병이 시작된다고 라캉은 풀이했다. 그러나 다케무라 가즈코(竹村和子)가『사랑에 대하여』(愛について)에서 지적하고 있듯이 타자의 욕망의 시니피앙을 팔루스라고 명명하는 방식에는 모순이 있다. 차세대 재생산을 하지 않는 다양한 성 현상, 팔루스로 환원되지 않는 의미를 품은 '도착자'(倒錯者)의 존재는 타자의 욕망의 시니피앙을 가지는 위치를 남성적 성 위치로, 타자의 욕망의 시니피앙인 위치를 여성적 성 위치로 분류한다.

『기아동맹』에서 동맹원들이 동맹의 리더인 하나이에게 원했던 것도, 하나이가 다라네에게 원했던 것도 모두 아버지의 이름이라는 문제와 관련되어 있다. 아베 고보의 장편소설『불타버린 지도』燃えつきた地図(1967)에서 주인공은 의뢰받은 사건을 추적해 가는 과정에서 권력의 대리자가 된다. 이 과정은 부성적인 것을 적대시하면서도 모방해 가는 과정이기도 하며 여기에는 강자에 대한 르상티망의 원리가 작동하고 있다.

괴물로서의 여성

아베 고보의『불타버린 지도』는 탐정사무소의 조사원인 주인공이 네무로根室라는 여성에게 실종자 찾기를 의뢰받고 그의 흔적을 쫓는 이야기다. 의뢰인은 남편인 네무로 과장의 궤적 파악을 의뢰하고 주인공은 보고를 위한 지도를 그려 간다. 소극적이며 약하고 불안해 보이는 의뢰인은 남편 찾기를 명령하고 주체화subjection함과 동시에 예속화subjection한다. 그녀가 찾고 있는 인물은 남편=주인(일본어로 남편은 主人이라는 한자를 쓴다)이며 그녀는 잃어버린 주체를 찾기 위한, 주체 없는 주체이다.

이러한 해부학적 성차에 근거한 분류법 자체를 착란시키는 것이다. 프로이트도 라캉도 '정상적' 남성성이나 여성성을 설명하려고 예외를 설정해야 할 때, '정상적이 아닌' 성 현상에 대해 언급했다. 그러나 생식을 하지 않는 성 현상을 '도착'으로 주변화해 생식 이데올로기에 기반한 남녀의 사랑 경험을 말하는 것은 거기서 말해질 수 없는 많은 목소리를 묵살하는 게 될 것이다.

『기아동맹』에서 하나이의 모친은 유년기의 오리키를 인체실험의 대상으로 팔아넘긴다. 이러한 소수의 주요 여성 등장인물들은 부정적으로 그려져 있는 경우가 많다. 『불타버린 지도』에서 등장하는 의뢰인의 권력에도 그녀가 여성인 것으로 인한 한계가 지어져 있다. 아베의 초기 작품집 『벽』에 수록된 단편소설들에도 이러한 시발점은 엿보인다. 「마법의 분필」魔法のチョーク(1950)에서는 가난한 화가인 주인공 청년이 방 안 벽에 붉은 분필로 그림을 그리자 그 사물이 실물로 나타난다. 그의 손에 의해 창조된 이브의 요구로 그녀에게 분필 반 개를 건네자 그의 창조의 세계는 파멸하게 된다. 이 창조된 여성상에는 이항대립적 젠더의 문제가 엿보이는 한편으로 패전 후 거세 상황 하에 있던 일본 남성들의 시대적 전환기의 흐름 속에서 강해질 수밖에 없었던 여성에 대한 불안이 부정적인 여성의 모습으로 형상화되어 있다. 하지만 과학자나 권력자로 그려지는 강한 여성과 수동적이고 수탈당하는 신체로 그려지는 약한 여성 모두 일종의 괴물성을 띠는 존재들로 그려지고 있다는 부분은 생각해 보아야 할 부분이다.

전술했듯이 토지, 경제, 행정, 군사, 인간의 신체까지도 관리하며 타자를 배제하는 민족 개념을 중심에 놓은 일본의 국가권력은 서구 제국주의 열강의 지배전략을 모델로 하여 식민지 지배의 지배언설을 아시아 각국에 주입시키고 모방시켰다. 눈에 보이는 현실만을 바라보는 사이에 잊혀져 가는 보이지 않는 권력의 중심, 일본의 경우 천황제가, 또한 이와 유착되어 움직이는 정·재계의 흑막들이 바로 그러한 것이리라. 이들은 그들의 대리인이 스스로 대리인이라는 사실조차 잊게 만든다.

『기아동맹』의 하나이는 대문자의 타자로서 권력자에게 르상티망을 품고 적대시하면서도 이를 모방하는 주체=행위체agent이다. 하나이와 동맹원들은 테크노크라트인 박사에 의해 이용당한 오리키의 신체를 똑같이 유린하고, 권력의 탈취를 도모하지만 대리역代理役, agency이라는 한계와 권력을 추구하는 욕망의 불균형으로 결국 혁명은 실패한다. 부성적인 것으로서의 제국주의적 권력구조, 그리고 그에 연동하는 정신구조로서의 르상티망이 전후에서 현대에 이르기까지 존재하는 모습을 아베 고보의 소설 텍스트는 형상화하고 있다.

글을 맺으며

문학 및 다양한 문화 콘텐츠에서 그려지는 괴물은 주로 고독하다. 정형에 속하지 못하는 신체를 가진 그들은 이형적 신체성으로 인해 위험하거나 불쾌한 자, 부정적인 '사이'의 존재로 간주되고 배제되어 왔다. 그들은 대개 동료와 연대할 수 있는 가능성조차 갖고 있지 못하다. 드라마 시리즈 「워킹데드」에서 무리를 지어 인간을 위협하는 좀비들은 강한 힘을 보이지만, 그것은 개체적 힘의 합산일 뿐 진정으로 연대하고 있는 것은 아니다.

이야기 속에서 괴물을 만났을 때 이것을 괴담이나 요괴도감 속의 한 마리 요괴처럼 어차피 우리가 이해할 수 없는 것이 자명한 저편의 세계에 속하는 무언가라고 제쳐 두는 것, 이것이 지금까지 우리에게 가장 익숙한 괴물 대처법이었다.

머리 위 접시에 물이 마르면 죽어 버린다는 일본의 전설 속 요괴 갓파의 이미지가 현대에 들어와 코믹하게만 느껴지는 것은 만화, 애니메이션이나 민담 및 동화책을 통해 부여받은, 동물원 우리의 창살 같은 정형적 틀이 주는 안도감이 있기 때문이다. 하지만 과연 우리는 괴물들과 무관한 세계에서 안주할 수 있을까.

내가 지금 마주한 자가 폭력을 내재한 위협적 존재로 비추어질 뿐인 괴물인지, 혹은 우리가 다른 세계의 존재들로 제쳐 버린 편견과 폭력에 맞서 권력구도에 의문을 제기할 가능성을 갖고 있는지를 우리는 괴물이 넘쳐 나는 현대 문학과 문화 텍스트 속에서 고민해 보아야 한다.

일본의 문화 텍스트 속에는 수많은 괴물이 꿈틀대고 있다. 이것이 모두 괴물을 좋아하는 일본인들의 기이한 심성에서 연유한다고 단순하게 본질론적으로 말할 수 없다는 생각에서 비롯된 것이 본서이다. 괴물들은 읽혀져야 하며 그들은 우리의 독해를 기다리고 있다.

아베 고보의 이형의 신체 이야기를 여기서 다 다루지는 못했다. 특히 본서에서 자세히 전개하지 못한 여성 괴물들에 대한 이야기는 괴물 속의 괴물을 논하는 또 다른 작업이 될 것이다.

과연 괴물은 논리적으로 이해할 필요가 없을 것인가. 경계선 밖에 있는 존재들일 뿐일까. 사실 이것은 괴물이 텍스트에서 어떻게 조형되며 이를 우리가 어떤 시각으로 읽는지에 달려 있다. 우리 주위에 부유하는 많은 괴물을 보며 생각한다. 나는 괴물을 생산해 내는 구조에서 자유로운지, 나 또한 시스템의 일부가 되어 괴물을 낳고 있지는 않은지를.

참고문헌

§ 이 책의 아베 고보의 저술 인용은 『安部公房全集』, 新潮社, 1997~2009를 저본으로 하며, 번역은 지은이에 의한 것이다.
§§ 이 책은 지은이의 기발표 논문을 대폭 수정, 가필한 내용 및 새롭게 집필된 원고로 구성되어 있다.

■ 아베 고보 저작
『飢餓同盟』, 講談社, 1970(新潮社, 2004).
「制服」, 『安部公房全集 004』, 455~480쪽(『群像』 1954年 12月号, 講談社).
「幽霊はここにいる」, 『安部公房全集 008』, 359~452쪽(『新劇』 1958. 8, 白水社).
「SFその名づけかたきもの」, 『安部公房全集 020』(『SFマガジン』 1966. 2, 早川書房).
「悪魔の発明」, 『安部公房全集 009』(『世界』, 岩波書店, 1959. 4).

■ 잡지 및 신문 수록
「70年代の前衛・安部公房」, 『国文学 解釈と鑑賞』, 至文堂, 1971. 1.
「特集 戦後世代の文学: 安部公房・大江健三郎・吉本隆明」, 『国文学 解釈と鑑賞』, 至文堂, 1969. 9.
「特集 安部公房: 文学と思想」, 『国文学 解釈と教材の研究』, 学燈社, 1972. 9.
「特集 演劇館・三島由紀夫と安部公房」, 『国文学 解釈と鑑賞』, 至文堂, 1974. 3.
「特集 安部公房: 故郷喪失の文学」, 『ユリイカ』, 青土社, 1976. 3.
「特集 安部公房の現在」, 『国文学 解釈と教材の研究』 568号, 至文堂, 1979. 6.
「特集 安部公房フロッピーディスクの通信」, 『へるめす』 568号, 岩波書店, 1993. 11.
「特集 安部公房」, 『ユリイカ』, 青土社, 1994. 8.
「特集 安部公房 ボーダーレスの思想」, 『国文学 解釈と教材の研究』, 学燈社, 1997. 8.
中村彰彦・沼野充義・井上ひさし・小森陽一, 《座談会昭和文学史》三島由紀夫と安部公房:〈仮面〉と〈砂漠〉の預言」, 『すばる』, 集英社, 2000. 10.
「特集 東京裁判とは何か」, 『現代思想』, 青土社, 2007. 8.
「総特集 戦後民衆精神史」, 『現代思想』, 青土社, 2007. 12.

「真理と革命のために党再建の第一歩をふみだそう」,『日本読書新聞』, 1961. 7. 31.

「革命運動の前進のために再び全党員に訴える」,『日本読書新聞』, 1961. 9.

長原豊,「Un/Le Pas Encore—de la Marx: 資本制と強制的異性愛制についての試論」,『文学』(特集=ヘテロセクシズム), 3巻 1号, 岩波書店, 2002, 174~188쪽; 2号, 243~256쪽.

■ 단행본 및 논문

고마쓰 가즈히코,「요괴를 즐기는 일본인, 요괴를 탐구하는 문화」,『일본의 요괴문화(그 생성원리와 문화산업적 기능)』, 한누리미디어, 2005.

_____,『일본의 요괴문화』, 박전열 옮김, 민속원, 2009.

고모리 요이치,『포스트 콜로니얼』, 송태욱 옮김, 2002;『ポストコロニアル』, 岩波書店, 2001.

_____,『1945년 8월 15일, 천황 히로히토는 이렇게 말하였다』, 송태욱 옮김, 뿌리와 이파리, 2004;『天皇の玉音放送』, 五月書房, 2003.

김현희,『그 진실을 향하여: 아베 코보 문학에 있어서 변신의 허와 실』, 제이앤씨, 2005.

다나 J. 해러웨이,『유인원 사이보그 그리고 여자』, 민경숙 옮김, 동문선, 2002;「サイボーグ宣言」,『猿と女とサイボーグ』, 高橋さきの 訳, 青土社, 2000.

미셸 푸코,『광기의 역사』, 이규현 옮김, 나남출판, 2003.

바바라 크리드,『여성괴물』, 손희정 옮김, 여이연, 2008.

서현석,『괴물 아버지 프로이트』, 한나래, 2009.

아르멜 르 브라 쇼파르,『철학자들의 동물원 짐승 만들기에서 배척까지』, 문신원 옮김, 동문선, 2004.

우에다 아키나리,『우게쓰 이야기』, 이한창 옮김, 문학과지성사, 2008.

이선윤,「아베 고보와 '괴물성'의 문학」,『일어일문학연구』88권 2호, 2014.

_____,「물의 구조전환과 유동하는 전후 일본」,『탈경계인문학』13권, 2012.

이정희,『아베 고보 연구: 일본 현대문학의 기수』, 제이앤씨, 2008.

조광제,『매체철학의 이해』, 인간사랑, 2005.

주은우,「근대적 시각과 주체」,『현대사회의 이해』, 민음사, 1996, 63~83쪽.

프리드리히 니체,『선악의 저편/도덕의 계보』, 김정현 옮김, 책세상, 2002;『善悪の彼岸・道徳の系譜』, ニーチェ全集 11, ちくま学芸文庫, 1993.

필립 K. 딕,「가짜 아빠」,『페이첵』, 김소연 옮김, 집사재, 2004.

Christopher Bolton, *Robot Ghosts and Wired Dreams*, Minneapolis: University of Minnesota Press, 2007.

ヴィリエ・ド・リラダン,『未来のイヴ』, 齋藤磯雄 訳, 東京創元社, 1996.

エルンスト・ブロッホ,『異化』, 片岡啓治, 種村季弘, 船戸満之 訳, 現代思潮社, 1976.

ジャック・カゾット,『悪魔の恋』, 渡辺一夫・平岡昇 訳, 国書刊行会, 1976.

ジョン・ダワー,『敗北を抱きしめて』, 三浦陽一, 高杉忠明 訳, 岩波書店, 2001.

ツベタン・トドロフ,『幻想文学序説』, 三好郁朗 訳, 東京創元社, 1999.

_____,『他者の記号学』, 及川馥・大谷尚文・菊池良夫 訳, 法政大学出版局, 1986.

ダーニエール・パウル・シュレーバー,『シュレーバー回想録』, 尾川浩, 金関猛 訳, 平凡社, 1991.

リン・ホワイト,『機械と神』, 青木靖三 訳, みすず書房, 1999.

ロジェ・カイヨワ,『妖精物語からSFへ』, 三好郁郎 訳, サンリオ, 1978.

赤坂憲雄,『異人論序説』, 筑摩書房, 1992.

池田龍雄,『芸術アヴァンギャルドの背中』, 沖積社, 2001.

石崎等 編,『安部公房「砂の女」作品論集』, クレス出版, 2003.

李先胤,「安部公房の〈仮説〉の設計:『砂の女』に見る科学的認識に関連して」,『日本学報』98巻, 2014.

_____,「予言する機械とテクノクラシ: 安部公房『第四間氷期』論」,『日本文化學報』56巻, 2013.

_____,「革命と排除の論理と6・25戦争期の日本」,『日本研究』12巻, 2009.

李貞熙,「安部公房『デンドロカカリヤ』論: または「極悪の植物」への変身をめぐって」,『稿本近代文学』19, 1994.

上野千鶴子,『家父長制と資本制』, 岩波書店, 1990.

大塚英志,『怪談前後:柳田民俗学と自然主義』, 角川学芸出版, 2007.

岡庭昇,『花田清輝と安部公房アヴァンギャルド文学の再生のために』, 第三文明社, 1980.

呉美姃,『安部公房の〈戦後〉』, クレイン, 2009.

桂川寛,『廃墟の前衛 回想の戦後美術』, 一葉社, 2004.

_____,『桂川寛作品集〈戦後から世紀末へ〉1950~1994』, アートギャラリー環, 1994.

鹿野正直,『現代日本女性史』有斐閣, 2004.

小森陽一・中村彰彦・沼野充義・井上ひさし,「『座談会昭和文学史』三島由紀夫と安部公房:〈仮面〉と〈砂漠〉の預言」,『すばる』, 2000. 10.

三遊亭円朝,『真景累ヶ淵』,岩波書店, 2007.

新戸雅章,「『第四間氷期』と未来の終わり」,『ユリイカ』, 1994. 8, 112~117쪽.

巽孝之,『日本SF論争史』,勁草書房, 2000.

竹村和子,「省略される愛の系譜」,『愛について: アイデンティティーと欲望の政治学』,岩波書店, 2002.

谷真介 編著,『安部公房評伝年譜』,新泉社, 2002.

鳥羽耕史,「安部公房『第四間氷期』: 水のなかの革命」,『国文学研究』123, 1997.

_____,「何が『壁』なのか: 安部公房『壁』についての書誌的ノート」,『文藝と批評』, 2001. 11~2002. 5.

_____,『運動体・安部公房』,一葉社, 2007.

_____,『1950年代:「記録」の時代』,河出ブックス, 2010.

長山靖生,『日本のSF精神史: 幕末明治から戦後まで』,河出書房新社, 2009.

波潟剛,『越境のアヴァンギャルド』,NTT出版, 2005.

日本共産党,『日本共産党の五〇年問題資料集 1』,新日本出版社, 1957.

_____,『日本共産党の五〇年問題について』,新日本出版社, 1981.

_____,『日本共産党の80年』,新日本出版社, 2003.

花田清輝,「変形譚」,『近代文学』, 1977. 1(『花田清輝全集』2巻,講談社, 1946).

埴谷雄高,「安部公房『壁』」,『人間』, 1951. 4(『花田清輝全集』2巻,講談社, 1998).

_____,「安部公房のこと」,『近代文学』, 1951. 8(『花田清輝全集』1巻,講談社, 1998).

_____,「「夜の会」の頃」,『展望』, 1973. 6(『花田清輝全集』9巻,講談社, 1998).

_____,「「夜の会」のこと」,『文藝』, 1976. 8(『花田清輝全集』9巻,講談社, 1998).

日高昭二,「砂の女」,『近代小説研究必携』,有精堂, 1988.

平田哲夫,『戦後民衆運動の歴史』,三省堂, 1978.

広川禎秀・山田敬男 編,『戦後社会運動史論: 1950年代を中心に』,大月書店, 2006.

朴鐘鳴,『在日朝鮮人』,明石書店, 1999.

■ 영화

勅使河原宏,「おとし穴」, 1962(이하『勅使河原宏の世界 DVD Collection』, Asmik, 2002에서).

_____,「砂の女」, 1964.

_____,「他人の顔」, 1966.

_____,「燃えつきた地図」, 1968.

더 읽어 볼 만한 책

1. 『벽』(아베 고보 단편집)

아베 고보, 이정희 옮김, 위덕대학교출판부, 2000.

아베 고보의 첫 중·단편소설집으로 「S·카르마 씨의 범죄」, 「바벨탑의 너구리」, 「빨간 누에고치」, 「홍수」, 「마법의 분필」, 「사업」의 6편을 수록하고 있다. 이름을 잃어버린 남자가 벽으로 변신해 가는 신체변형을 다룬 「S·카르마 씨의 범죄」, 돌아갈 집이 없는 남자가 피로에 지쳐 스스로의 신체를 붉은 누에고치로 만드는 짧은 단편 「빨간 누에고치」, 패전 후 일본 사회의 액상화를, 문자 그대로 액화되는 인간 신체와 그 집적으로 인한 홍수를 통해 그린 「홍수」 등의 소설이 선열한 인상과 함께 패전 후 일본이라는 전환기의 혼돈과 자본 시스템의 모순, 그리고 이름과 인간 존재에 대한 물음 등의 문제를 제기하고 있다.

2. 『상자인간』

아베 고보, 송인선 옮김, 문예출판사, 2010.

상자를 뒤집어쓰고 도시에서 살아가는 남자가 등장한다. 상자에 뚫은 구멍을 통해 보는 행위와 외부의 시선을 차단하는 상자를 둘러싼 시각의 문제가 미디어의 속성과도 연결되어 그려지면서 현대인이 처한 소외 상황, 관계와 귀속의 문제를 다양한 각도에서 생각하게 한다. 아베 고보의 1973년작 소설이다.

3. 『여성괴물』

바바라 크리드, 손희정 옮김, 여이연, 2008.

괴물로서의 여성 재현에 대해 여성주의 관점에서 크리스테바를 인용하면서 분석하고 있는 글이다. 가부장제 사회에서 만들어지는 여성을 둘러싼 공포에 대해 해석하면서 우리가 공포를 필요로 하는 이유, 불안감의 구조를 흥미롭게 풀어 설명해 준다.

4. 『페이첵』

필립 K. 딕, 김소연 옮김, 집사재, 2004.

「가짜 아빠」가 실려 있는 필립 K. 딕의 소설집. 내가 익숙하게 잘 알고 있다고 생각한 가까운 사람이 실은 그 사람이 아니라는 것을 알게 되었을 때 배가되는 공포감을, 1950년대 미국의 전원주택지를 배경으로 형상화하고 있다. 매카시즘이 불어닥친 시대의 불안감을 배경으로 평온한 미국의 전형적 중산층 가정에서 그 중심축이던 아버지가 실은 괴물이 아닌지를 의심하게 되는 상황이 그려져 있다.

5. 『모래의 여자』

아베 고보, 김난주 옮김, 민음사, 2001.

영화화를 통해 아베 고보 작품 중 가장 대중적인 장편소설. 곤충채집을 떠난 한 남자가 어느 마을 사람들에 의해 조직적으로 감금되고, 그는 사회적으로 실종자로 처리된다. 모래언덕 마을에서 그가 동거하게 되는 의문의 여성과 그들을 압박하는 마을 공동체의 위협, 식사 도중에도 쏟아져 내려오는 모래 때문에 우산을 써야 하는 환경. 이러한 요소들이 복합적인 기이함을 연출한다.

사이 시리즈 발간에 부쳐

이화인문과학원 탈경계인문학연구단은 2007년 한국연구재단의 인문한국(HK) 지원사업에 선정되어 '탈경계인문학'을 구축하고 이를 사회적으로 확산함으로써 한국 인문학의 새로운 지평을 창출하고자 하는 프로젝트를 수행하고 있다. '탈경계인문학'이란 기존 분과학문 간의 경계를 가로지르고 넘나들며 학문 간의 유기성과 상호 소통을 강조하는 인문학이며, 탈경계 문화 현상 속의 인간과 인간 경험을 체계적으로 성찰함으로써 경계 짓기로 대립하고 갈등하는 인간과 사회를 치유하고자 하는 인문학이다.

이에 연구단은 우리의 연구 성과를 학계와 사회와 공유하고자 '사이 시리즈'를 기획하였다. 탈경계인문학의 주요 주제에 대한 전문 학술서를 발간함과 동시에 전문 지식의 사회적 확산과 대중화를 위하여 교양서를 발간하게 된 것이다. 이 시리즈는 인문학에 관심을 가진 대학생들이나 일반인들이 새로이 등장하는 인문학적 사유와 다양한 이슈들에 쉽게 다가갈 수 있도록 쓰여졌다.

오늘날 우리는 문화적 경계들이 빠르게 해체되고 재편되는 변화의 시기를 살고 있다. '사이 시리즈'는 '경계' 혹은 '사이'에서 생성되고 있는 새로운 존재와 사유를 발굴하고 탐사한 결과물이다. 우리 연구단은 독자들에게 그 결과물을 제시하고 이를 토대로 상호 소통하는 계기를 마련하고자 한다. 인문학과 타 학문, 학문과 일상, 중심부와 주변부 사이의 경계를 넘어 공존과 융합을 추구하는 사이 시리즈의 작업이 탈경계 문화 현상을 새로이 성찰하고 이분법적인 사유를 극복하여, 경계를 넘나들며 다원적이고 통합적인 시각을 만들어 나가는 출발점이 되기를 기대한다.

2012년 3월
이화여자대학교 이화인문과학원 인문한국사업단